深煎りの魔女とカフェ・アルトの客人たち

ロンドンに薫る珈琲の秘密

天見ひつじ

宝島社文庫

宝島社

CONTENTS

カフェ・アルトへようこそ ---------------- 7
Prologue

配達少年と思い出のカップ ------------- 13
Postboy Express Memories of a Cup

高貴なる猫はいずこへ ---------------- 41
Who is the Felicide ?

開拓者のアメリカーノ ----------------- 81
Pioneers Americano

グラタンは保険引受人を救う ----------- 113
Gratin Saves Underwriter's Life

ロンドン塔の衛兵とおかしな秘密 ------- 133
Secret Crush on the Beefeater

老いぼれ炭鉱夫と命の運び手 ---------- 175
Old Miner & Life Porter

深煎りの魔女と夢幻の蝶 -------------- 207
Deep Roasted Witch Dreams of Butterfly

カフェ・アルトへようこそ ---------------- 239
Epilogue

深煎りの魔女とカフェ・アルトの客人たち

ロンドンに薫る珈琲の秘密

TALES OF "WITCH O'DEEP ROAST"

カフェ・アルトへようこそ

Prologue

1

四月の早朝。ロンドンの肌寒くも爽《さわ》やかな空気を胸いっぱいに吸いこむ。この時間はまだ、馬車と自動車が巻き上げる塵芥《じんかい》に空が閉ざされることもない。わたしはコートのポケットに手を突っこみ、手に馴染《なじ》んだ鍵の感触を確かめつつ歩を進める。柔らかい陽光を全身に浴び、千切れ流れる雲を見上げながら。

猫をモチーフにした真鍮《しんちゅう》の鍵で裏口からお店へ入ると、漂うコーヒー豆の香りが鼻《び》腔《くう》をくすぐる。汲《く》み置きの澄んだ水をケトルでコンロにかけ、一人きりのキッチンに立つ。わたしは両手を組んで思い切り伸びをしてから、引っ張られたシャツをスカートの中へ綺麗に戻し、軽く頬《ほお》をはたいて気合を入れる。そろそろお店の準備を始めなければ、開店に間に合わなくなってしまう。

「……っと、その前に――」

コートを脱いで、ウォールナット製のスタンドにかけて形を整える。少し離れて、全体の確認。今日はアイスランド帰りのお客さんからプレゼントされた、北海を思わせる灰青色《はいあおいろ》のダッフルコートだ。スタンドに立てかけられた藁《わら》のほうき、天辺を飾る大きな黒の三角帽と合わせ、北海の魔女といった趣《おもむき》を醸《かも》し出している。

今では店のシンボルとなったコートスタンド、人呼んで『魔女の一休み』のできあがりに満足し、わたしは開店準備に取りかかることにする。

カフェ・アルトには魔女がいるのだ。

「よいしょっ……と」

カウンターのスツールとテーブルの椅子を床に降ろし、綺麗に並べて。鎧戸《よろいど》を開き、塵芥に塗《まみ》れる前のロンドンの空気をお店の中に取り入れる。小さなほうきを片手に内側から玄関扉を開け、木製のシャッターも押し上げる。頭上で小さく揺れるブロンズの看板には三角帽の図案と絡《から》めて『カフェ・アルト』と装飾文字が刻まれている。お店の周りを軽く掃《は》き清め、扉にかかったクローズをオープンへとひっくり返していると、足元に温かいものが触れた。

「おはよ、ルシア」

ローファーにしなやかな体躯《たいく》をすりつけてくるのは、ロシア生まれとの触れこみでこの界隈のお店の人に可愛がられている雌猫だった。美しい灰色の毛並みと翠緑《すいりょく》の瞳はどことなく高貴さを漂わせ、お気に召した相手にしかなつかないことで知られている。彼女に認められるのは真面目でいい仕事をしてきた証《あかし》、というまことしやかな噂もあり、わたしは彼女と仲がいいことを少しだけ誇らしく思っている。

「おいで。ミルクあげる」

扉を押さえて促《うなが》すわたしに、ルシアは上目遣《うわめづか》いで首をすくめるような仕草を見せると、そのまま音もなくお店へと足を踏み入れていく。わたしもお店の入り口脇に置かれていた大きなミルク缶を抱えてそれに続く。誇り高い彼女が人に媚《こ》びるような鳴き声を聞かせることはほとんどない。首をすくめる癖がうなずいているように見えるのもあって、いわく言い難い神秘性を見る者に感じさせる猫なのだ。彼女がある種の敬意をもって遇《ぐう》されている理由でもある。

わたしは戸棚からミルク皿を手に取り、彼女を驚かさないようにゆっくりとしゃがんでから床に皿を置き、静かにミルクを注ぎ入れる。しばらくの間、お店の中にはぴちゃぴちゃとミルクを舐《な》め取る音、そして沸騰《ふっとう》するケトルの蓋《ふた》がかたかたと鳴る音だけが響く。わたしはしばしルシアを眺め、それからまた音を立てないように気を付けながら腰を上げ、キッチンへ向かった。

「そういえば、こないだ焙煎《ばいせん》した豆があったっけ」

輸入業者にして常連客でもあるバーナードさんに仕入れをお願いした豆をカウンターに置く。一昨日、手ずから焙煎した豆は保存瓶の蓋を開けた途端に濃厚なフレグランスを周囲に広げた。鮮度のいい豆でなければこれほどの香りは出ない。

「いい豆……バーナードさんにも淹《い》れてあげなきゃ」

仕入れたコーヒー豆を抽出《ちゅうしゅつ》できる状態にするためには、焙煎して挽《ひ》くというふたつの工程を経る必要がある。豆の鮮度を保つため、これらは最適なタイミングで行われなければならないが、ただ早ければいいというものでもない。焙煎した豆は二日か三日は寝かせて、状態を落ち着かせてから挽く方がおいしくなるからだ。

　お客はまだいないか、いても気心の知れた常連が一人か二人。開店直後は、わたしの一番好きな時間帯のひとつだ。いったんケトルの火を落として、各種コーヒー豆やコーヒー用の器具が収まるカウンター内の棚の前に立つ。どの豆を、どう淹れて、どのように愉《たの》しむかを考える一瞬は何にも代えがたい。

　抽出はネルドリップにしよう。そう決めて、手早く道具を準備する。ミルは中細引きに調整したものを選択し、量《はか》り取った豆を流しこむ。刃が過度に熱を帯びないよう、丁寧《ていねい》に時間をかけて挽いていくと、豆の香りはさらに強まる。

　フランネル地のドリッパーを取り出し、豆をすくい入れる。お湯も、沸騰が収まっていい感じ。陶器のサーバーの上でドリッパーを構えて、豆全体にまんべんなくお湯を注ぎ入れる。蒸《む》らしの時間を置いて豆が膨らんだのを見計らって、再びケトルを傾けて抽出を開始する。抽出されるコーヒーと注ぎ入れるお湯の量はほぼ均等になるように。細心の注意を払い、同時にその工程と過ぎゆく時間を楽しむ心持ちで。

「ん、ちょっと豆が多かったかな？」

　新しい豆に気分を良くして、気が大きくなっていたらしい。二杯分はありそうなコーヒーを前にし、そろそろお客も来る頃合いだと思い直す。ひとまず自分の分だけでもと思って温めたカップに移し替えたその瞬間、控え目なベルの音色がカフェ・アルトへの客人を知らせてくれた。見計らったかのような来客に嬉しくなり、わたしは笑顔を浮かべてお客を迎え入れる。

「カフェ・アルトへようこそ。とってもおいしいコーヒーはいかがかしら？」

配達少年と思い出のカップ

Postboy Express Memories of a Cup

1

　ロンドンはソーホー地区の猥雑《わいざつ》な雰囲気の漂う一角。外国人が営《いとな》む安価な食いもの屋や何を売っているのか知れない怪しげな店に混じって、その店はあった。棚先に並ぶのは商品ともがらくたともつかない代物。主要な通りから一本奥に入った、看板すら掲げられていない店を気に留める通行人はほとんどいない。

　店内には、眼鏡をかけて見るからに不機嫌そうな表情で銀食器を吟味《ぎんみ》する肥満の中年男性と、背の低い利発そうな少年がモップで床を掃除する姿が見える。暗い店内はお世辞にも楽しそうな雰囲気とは言えず、中年男性が深いため息をついて吟味の手を止めると、静かな緊張に空気が張り詰めた。

「おう」

「なんだい、おやっさん」

　おやっさんことアンディ・アラートマンの商店で働く少年は、すわ怒声《どせい》が飛ぶかと身構えつつも平静を装《よそお》って答える。しかしビールっ腹で赤ら顔のおやっさんは眼鏡の奥から細い目に不機嫌さを湛《たた》えてぎろりと少年を睨《にら》みつけると、流暢《りゅうちょう》かつ怒涛《どとう》のごとき悪罵《あくば》をその大きな口から垂れ流し始める。

「一度しか言わねぇからよく聞け。いいか？　耳は開いてるな〝地獄耳〟トム？　よし聞け。この『バカしか読まねぇ本』をトマス〝ヘボ詩人〟ディランに。そこの傘立てに突っこんである『悪趣味もいいとこ』ステッキをモーリス〝酔いどれ〟ディガーのじじいに。ついでに『テムズ川のヘドロをがぶ飲みした方がまし』ワインをヘンリー〝フランス舌〟メルクル自称男爵閣下に届けてこい。ロバの真似なんぞしてねぇでさっさと戻るんだぞ。いいな、分かったな〝偉大なる〟トム？」

おやっさんが一度しか言わないと口にしたからには、絶対に聞き返してはならない。ぐずぐずしていて彼が機嫌を損《そこ》ねる前に、少年は声を張り上げて答える。

「ああ、分かったよ！」

アンディ・アラートマンの声量たるや、店の外を歩く人間が目を丸くして中をのぞきこむほどだ。これをソーホー名物『アンディの歌声』と持ち上げる向きもあるが、そいつを真正面から浴びる身にもなって欲しい。まったく、頭の回転を持て余している人種はこれだから嫌なのだ。少年はこれ以上の罵声が飛んでくる前に、死ぬ気で頭に刻みこんだ品物をかき集めにかかる。

外国語で書かれたレンガのように分厚い本の包みを肩からかけたカバンに突っこみ、みだらな女の裸体が持ち手に彫金されたステッキを小脇に挟んで、いかにも高級そうな木箱詰の重たいワインを抱えこんで表通りへ飛び出そうとした——ところでがっしりとした手に肩を掴まれる。

「待て、こいつもだ」

　ずいっと目の前に差し出されたのは、綺麗な包み紙と真っ赤なリボンで飾られた手のひら大の箱だった。怪しげなものやいわくつきのもの――すなわち高額なもの――ばかり扱うおやっさんの店にあって、それは少年が初めて目にする類《たぐい》のものだった。

「中身はなんだい？　どこまで持ってけばいい？」

　それは、何気なくした質問だった。だが店の最奥《さいおう》に鎮座《ちんざ》する自《みずか》らの玉座《ぎょくざ》たるアンティークの椅子に戻りかけていたおやっさんは物凄い勢いで振り向くと、少年に詰め寄りながらいらいらとした様子で吐き散らす。

「お前さんがこいつの中身を知ってどうするってんだ〝水増し〟トムさんよお？　え？　こいつの中身はお前さんの齢《とし》と違ってごまかせるようなもんじゃねぇぞ？　いいか、間違ってもすり替えようだのちょろまかそうだの考えるんじゃねぇぞ〝正直者の〟トム？　落として壊すなんてもってのほかだ〝油断なき〟トム？　いいか、お前さんはブルームズベリーのカフェ・アルトにこいつを届けて帰ってくるんだ。代金は受け取り済みだから届けるだけでいい。分かったな？」

「はいよ。ブルームズベリーのカフェ・アルトね」

「まったく、あの魔女には二代続けて頭が上がらんときた。ああ、腹が立つ……ん？

まだこんなところにいたのか〝目にも留まらぬ〟トム？　それとも話が終わったかどうかも分からんか〝聡明なる〟トム？　さあ、行くんだ。早く！　早く！」

「ああ、分かった、分かってるよ！」

ぶつぶつとつぶやいているから何かと思えば、これだ。まったく、やっていられない。店を出て角を曲がり、間違ってもおやっさんには見つからない場所まで来てから大きく深呼吸し、勢いよく首を振って音を鳴らす。さあ、仕事だ。頭を切り替えて、どこをどう回るかを頭の中で組み立てる。

ブルームズベリーはここソーホーからだとロンドンの大動脈オックスフォードストリートを挟んだ向かい側となる。箱もそう大きいものではないし、配達は最後に回せばいいだろう。重くて取り回しの悪いものを優先し、ワイン、本、ステッキ、小箱の順番で配達しようと決める。言われなくともこれぐらいの頭の使い方ができなければ、おやっさんのところではやっていけないのだ。

さっさと終わらせて、旨《うま》いものでも食おう。

少年は心の中でつぶやき、ロンドンの街へと飛び出した。

2

ソーホー地区については無視するか、少なくとも公の場では話題にしない。

それがロンドンの紳士淑女《しゅくじょ》の嗜《たしな》みなのだと、まことしやかにそう言われているのを少年は耳にしたことがある。なんでも昔はこの辺りにも上流階級の人たちが住んでいたが、外国人の流入やいかがわしいお店が増えたことで良識ある人はみな引っ越してしまったので治安が悪化し、スラムになってしまったのだとか。

「なら、ここに残ってるオレらはまともな人間じゃねぇってことかよ、はん」

少年にとっては、物心ついた頃からソーホーは今のソーホーだ。

フランス訛《なま》りの怪しげな英語を話すフランス人、逆に英語訛りのこっけいなフランス語を話す英国人、あるいは有名無名の音楽家や役者、作家――を自称する――大勢の男女。気難しくも気紛れに色々なことをおもしろおかしく語ってくれる学者に、豊満な肢体《したい》を見せつけるような衣服を身にまとった気のいい女たち。それらが混然一体となって異様な活気に溢《あふ》れているのがソーホーという場所であり、それはお上品な他の地区にはない魅力だと少年は思っていた。

古い貴族の邸宅を買い取って一人で住む変わり者ヘンリー・メルクルにワインを届

け、昼間から路地でたむろす男たちが肩をぶつけたぶつけないでもめる様子を横目に人垣をすり抜け、安アパートに情婦を連れこんでいたらしいトマス・ディランの半裸姿に白い目を向け、街角に立っていたメアリーから客にもらったという砂糖菓子を渡されたので歩きながらぱくつき、当たりを付けた二軒目の酒場でディガーのじいさんを捕まえてステッキを握らせる。

「あとはこの小箱か」

おやっさんが扱う品物としてはどうにも上品でかわいらしい小箱を手の上でもてあそぶ。届け先であるブルームズベリーのカフェ・アルトは一度だけ訪れたことがある。若い女のマスターがひとりで切り盛りする、小さなカフェだ。

少年は細い路地を抜け、オックスフォードストリートへと足を向ける。オリンピックの開催を間近に控え、街は熱に浮かされた群衆で溢れかえっている。

以前、届け物でカフェ・アルトを訪れたときには、イタリア製のコーヒーを淹れるために発明された道具を輸入してもらったのだと若い女のマスターが言っていた。あんな苦いだけの代物を作るためにわざわざ外国から道具を仕入れるなんて物好きなことだと思ったのを覚えている。今回もおそらく、そうした器具なのだろう。

「はあ……」

荷物が軽くなったせいか、あるいは朝から忙しく働いてきた疲れからか。少年はため息をついて立ち止まる。昼近くなった春のロンドンの陽気は動き回っていると少し汗ばんでくるほどだ。少年は箱を手に持ったまま、上着を脱いで腰に結び直す。行儀のいい紳士淑女は眉をひそめるかも知れないが、暑いものは暑いのだ。我慢して汗をだらだらと流している方がよほど見苦しいと少年は思う。

「……ロバの真似して道草食ってると、おやっさんに怒られちまうか」

おやっさんの得意技のひとつが、仕事にかかる時間の見積もりだ。彼が他人に仕事を言いつけるときには、全力でこなせばぎりぎりで間に合う制限時間が頭の中に設《もう》けられているらしく、それを超えてなお仕事が終わっていないと露骨に不機嫌になるのだ。その時間の見積もりが相手の力量に合わせた正確無比なものであるのが、質《たち》の悪さに拍車をかけている。結果、少年は常に馬車馬のごとく働く羽目になる。

人と馬車が頻繁《ひんぱん》に行き交うオックスフォードストリートに出て、頭の中に地図を思い描きながら右へ折れる。場所はロンドン大学の裏手だったはずだから、適当なところで大通りを横断する必要があった。多くの馬車が列をなし、ときおり自動車も走り抜けていく石畳の大通りはよく賑わっている。少年は横断のタイミングを計って道路へと注意を向けながら歩いていた。

「……ん？」

だから、少年がそれに気付いたのは、ほんの偶然だった。癖のある金色の髪を肩にかかるまで伸ばし、交差点でぼんやりと突っ立っている少女。春とはいえ朝夕は肌寒そうな露出の多い服装。そして年齢にかかわらず、ある種の人間に特有の雰囲気は、少年にとって見慣れたものだった。

一目見て、視線を外せなくなってしまう。

別に見惚《みと》れたわけではない。

ただ、目を離した瞬間に彼女は死ぬと直感したのだ。

「――ちっ」

気付かなければ、他人でいられたのに。そう思った瞬間、石畳を蹴り、人の間を縫って走り始めていた。自分が置かれた境遇の酷さに世を儚《はかな》む人間など、今日び珍しくもない。どこの馬の骨とも知れない子供を轢《ひ》いたところで、馬車の持ち主は罪にも問われない。馬と馬車が無事であることを確認して、多少は憐憫《れんびん》の情を抱いたなら警官を呼んで事情を説明し、それで終わり。

よくあること、よくあることだ。

それなのに。

気付いたときには、身体が動き出していた。

半ば自棄《やけ》を起こして、少年は大声を上げる。

「おいあんた！　そっから動くな！」

通りに響き渡る少年の叫びが自分に向けられたものだと直感し、少女はびくりとしたように振り向く。その顔に浮かぶのは恐慌をきたしたような焦りの感情だ。少女は声の持ち主である少年の姿を視界に捉えると、彼女を連れ戻しに来た追っ手だと勘違いしたのか、ぎゅっと目をつむって道路へ向き直ってしまう。逆効果だった、と後悔を噛み締めながらさらに足を速める。間に合え、と神に祈るような気持ちで念じる。神さま、と小さくつぶやく声が少年の耳に届き、少女は一歩を踏み出した。

ふらりと街路へ踏み出す少女の手首をなんとか掴み、思い切り引っ張って歩道へ引き戻す。少女の鼻先を馬体がかすめ、勢い余って道路に飛び出しかかった少年自身もその場で尻餅をついた。その拍子に肩からかけていたカバンが石畳に激突し、陶器の砕けるなんとも言えない嫌な音が耳朶《じだ》へと届く。

「ああ――もう」

バカなことをした。

少年の胸に顔を押しつけて泣き始めた少女を抱き寄せながら、少年は天を仰《あお》いだ。

3

平日の昼下がり。ランチのお客がひけたお店の中で、天窓から差しこむ数条の光がカフェ・アルト自慢のオーク材のフロア上でゆっくりと位置を変えていく。店の前の通りから聞こえる人の話し声さえ水の紗幕《しゃまく》を通したように遠く、うとうとしてしまいそうな静けさを引き立てる役にしか立たない。誰も見ていないのをいいことに、わたしは思い切りあくびをし、組んだ両手をぐっと上に伸ばした。

「ふぅ、んーっ」

背骨や肩のあたりで、ぽきぽきと骨の鳴る音がする。コーヒーを淹れるとき、ケトルから注ぐお湯がぶれないよう綺麗に保持するのには意外と腕力を使う。誰も見ていないときを見計らってストレッチしないと、時には明日の仕事にも影響する。だからこれも大事な業務の一環《いっかん》なのだ、と問われもしない言い訳を頭の中でこねつつ、わたしは半ば無意識に自分用のコーヒーを淹れる準備を始めていた。

「えーっと、どれにしようかな。サイフォンはめんどくさいし、ただドリップするのもおもしろくないし、新しい豆も試飲は一通り済んじゃったし……」

棚の前をうろうろしながら物色していると、ひとつの道具が目に留まる。

「うん、これにしようかな」

自分のために入れるコーヒーは、大きく二つに分類できる。純粋にわたしが愉《たの》しむためのものと、お客に出せるように技術の向上を狙ってのものだ。

今日の気分はやや前者寄りなので、繰り返し使うことでようやくコツも掴めてきたモカ・ポットを使って淹れることにする。直火式エスプレッソと呼ばれる濃い抽出液をたっぷりの砂糖とミルクでいただく、自分用としてはちょっと贅沢《ぜいたく》な一品。

戸棚からモカ・ポットを取り出す。マキネッタとも呼ばれるこの道具の構造はとても単純で、抽出されたコーヒーが貯まる上部のサーバー、水を入れる下部のボイラー、コーヒー豆を受けるためのバスケットで構成されている。樹脂製の柄とアルミの本体は見るからに機能的で、佇《たたず》まいは美しくすらある。

豆は南米産のＳＨＢ――スティーリー・ハード・ビーン――を選択。一定以上の標高で産出された豆を示すストリクトリー・ハード・ビーンの等級名と、鉄のように硬い性質とをかけた洒落《しゃれ》っぽいブランド名の豆で、エスプレッソ用の深煎《ふかい》りに向いているのでこのところ愛用している。

真っ黒になるまで深煎りし、極細引きのミルで念入りに粉砕した豆から抽出されるコーヒーは、そのまま飲むと眉間《みけん》にしわが寄るほど苦く、そして芳醇《ほうじゅん》だ。お湯に触れる面積が多い微粉状の豆に加え、圧力をかけて抽出を行うモカ・ポットならではの味わいだ。これだけ濃いと、ミルクを入れてカフェラテにしても味がぼけない。

漏斗状のバスケットにコーヒー豆を詰め、軽く叩いてならす。それからボイラーに水を入れ、バスケットをセットし、最後にくるくる回してサーバーを固定すれば準備完了。そのまま火にかけて、あとは砂糖とミルクの準備をしながら待っていればいい。

もちろんそれらはいつでも使えるように準備してあるから、わたしはカウンター内に置いた小さなスツールにそのますとんと腰を落とし、腕を枕にしてカウンターにべったりと貼りついた状態でお湯が沸くのを待つ。

からん、と。酷く控え目な音を立ててベルが来客を知らせたのはそんなタイミングだった。顔だけ上げて、なかなか入ってこようとしないお客に声をかける。

「……いらっしゃいませ？」

中を窺《うかが》うように細く開けられたドアが、意を決したように大きく開かれる。そこに立っていたのは、洗いざらしの服に頑丈そうな革カバンを肩からかけた少年だった。逆光になっているのもあって、うつむき加減の表情は上手く読み取れない。

「ああ、アンディさんのところの……中へどうぞ」

どうしていいか分からないといった様子で立ち尽くしていた少年は、わたしが声をかけるとぎくしゃくと前へ進み、ドアが閉まるばたんという音ではっとなったように振り返る。利発そうな栗色の瞳は宙に言葉を探すかのように泳ぎ、何か言いあぐねているのだということは容易に読み取れた。

「え、えっと、あの、オレ、何でも屋アンディのとこの……」

「いつだったか、届けものに来てくれたよね。名前は、そう、トム・ウィットニーくんだったかしら」

「え、うん、そう……」

少年は少しだけほっとした顔を見せるが、すぐに口を引き結んでしまう。

「座って？」

「え？」

「ちょうど、こないだ君が配達してくれた、モカ・ポットって道具を使ってコーヒーを淹れたところなの。お客さんもいないし……もし急いでないなら、君にもぜひ飲んでもらって、よかったら感想も聞かせて欲しいな」

話しているうちに水も沸騰したようだ。気化した湯気の圧力でお湯が逆流し、フィルタを通してサーバーにコーヒーが満たされていく。その心地よい音を耳にして、わたしは自分の口元が緩むのを感じた。そのまま耳を澄まし、抽出液に空気が混じるこぽこぽという音が聞こえたところで火から下ろす。

待っている間に、温めたミルクをフローサーで泡立てておいた。目の細かいメッシュを数十回ほど上下させることで空気を含ませたミルクはふわふわで、先細りのミルクピッチャーの中でたぷたぷと揺れている。

「あの……」

「ちょっとだけ待っててね。すぐに淹れちゃうから」

美味しいコーヒーは時間との勝負だ。いったん少年から視線を外し、お湯で温めておいたカップを二つ用意する。モカ・ポットから注いだエスプレッソにたっぷりの砂糖を溶かしいれ、ピッチャーからミルクを慎重かつ手早く注いでいく。

七分目まではエスプレッソとミルクを混ぜ合わせるように注ぎ、それからピッチャーをカップの液面すれすれまで近づけるのがコツだ。薄茶色の表面にくっきりと輪郭《りんかく》を持つ白が広がっていき、頃合いを見て切り上げればハートが描き出される。

もうひとつのカップは、小さめのハートを描いてから、金属製のピックで外から中へと切りこみを作っていく。最後にピッチャーの底に残ったミルクをピックの先につけて、茎を描いてやれば四つ葉のクローバーができあがる。

わたしはそれを崩さないよう、そっとカウンターに載せ、問いを口にする。

「トム君が好きなのは、ハートとクローバー、どっちかな？」

4

「トム君が好きなのは、ハートとクローバー、どっちかな？」

マスターはわずかに首を傾《かし》げると、柔らかい笑みを浮かべて尋《たず》ねる。肩にかかるまで伸ばした淡いブラウンの髪は、天窓から差しこむ陽光によってブロンドにも見える。落ち着いた雰囲気の黒のエプロンとダークブラウンのカーディガンに、真新しい白いシャツと朱染めのネクタイが鮮やかな印象を残す。

エプロンを脱げばロンドン大学の学生でも通りそうな年格好のマスターが、心から幸せそうな表情で軽く首を傾げる。子ども扱いするようなその問いかけと裕福に育った人間に特有の余裕は常ならば少年に反発を覚えさせる類のものであったが、なぜか今この瞬間においてはごく自然に受け入れられるものだった。

「……別に、どっちでもいいけど」

立ったまま飲むのも間抜けに思え、スツールに腰掛ける。どちらのカップを取るか少しだけ迷い、片方のカップを手に取った。いまさらコーヒーが苦手だなどと言い出せる雰囲気ではなく、少年は手の中でカップを弄《もてあそ》んでいると、マスターはそんな少年を見てふわりと笑う。はしばみ色の髪を揺らしてハートが描かれたカップを両手で包むように持ち上げ、崩すのを惜しむかのように見つめてから口をつける。

その様子があまりにおいしそうだったので、つられるようにしてカップを取り上げ、口に含む。最初に感じたのはミルクと砂糖、二種類の異なる甘さだった。そして、飲みこむと舌にわずかな苦みが残る。味とは甘い、辛い、苦い、酸っぱい、しょっぱいといった単一の言葉で表現されるものだと思っていた少年にとって、その絡み合うような甘さと苦さを併《あわ》せ持つ飲み物は一種の衝撃をもたらした。

「カフェラテだよ。おいしい？」

問いかけに黙ってうなずき、そして思う。この飲み物はカフェラテというらしい。一杯いくらなのか――こんなにおいしいのだから、きっと少年の一日分の食費が賄《まかな》えるぐらい値が張るのだろう。そして、お金について考えた拍子にカバンの中に収まっているもののことを思い出してしまい、思わず顔をしかめる。

届け物を落として割ってしまった。いつまでも目を背《そむ》けているわけにはいかない事実が重圧となってのしかかる。隠し事は長引くほどに事態が悪化するものだと頭では分かっていても、背筋を伝う嫌な汗と早鐘《はやがね》のような鼓動が止まらない。

「……なあ、この店って、一人でやってんの？」

口を突いて出たのは、情けない時間稼ぎ。

「そうだけど？」

「これ……あんたが全部作ってんのか」

「そう。アルマっていうの」

飲み終えたカップをそのまま手に持ち、カウンターに肘《ひじ》をついてマスターが言う。

「え？」

「わたしの名前だよ。アルマ」

「アルマ……」

「そう、アルマさん。貴方《あなた》より年上なんだから」

胸を張るマスターは童顔で、さほど年齢が離れているとも思えなかった。しかし、だからこそカフェをたった一人で営んでいるという事実に驚かされる。

「アルマ……さんは、カフェラテ――だっけ、の作り方をどこで習ったの？」

「コーヒーの淹れ方についての基本はお師匠さまに教えてもらったけど、具体的なレシピについては人から聞いたり、本を読んだり、かな。お客さんの中には外国へお仕事に行かれる方もいるから、お土産話を聞かせてもらったりもするよ」

「本とか、読むんだ」

少年の言葉に、アルマはカウンターからぐいっと身を乗り出して顔を近づける。

「なーに？　女の子が本読んで、カフェのマスターやってちゃおかしい？」

「なっ、別に、そんなこと言ってないだろ！」

　思わず身を引いて否定してしまったが、アルマの口調は本気で怒ってのものではなかった。からかわれた、と気付くが時すでに遅く、アルマは口元を押さえてくすくすと笑っていた。こうなってから何を言っても道化になるだけ。少年は唇を尖らせて、一言だけつぶやく。

「……性悪女《しょうわる》」

　それを聞いたアルマは頬を膨らませる。

「ほんの冗談なのに。これぐらい笑って流す度量がないと、女の子にもてないよ？」

「別に、もてなくたっていいよ」

　ソーホーで暮らしていれば、男女についての一通りの知識は耳に入ってくるし、男が身を持ち崩す原因は金、酒、女のいずれかと相場が決まっている。とびっきりの笑顔で男に酒を飲ませ、気前よく、そして気分よく金を吐き出させる商売女たちが、男を視界から消した瞬間に浮かべる酷く冷めた表情を少年は知っている。

「苦いコーヒーでも飲まされたみたいな顔してるね。女の子は嫌い？」

「嫌いじゃないけど――」

　思い浮かべたのは、ここに来る前に助けた少女の姿。

「――なに考えてるか分かんないし、弱いし、うるさいし」

　何より、かわいそうだった。

きっと恵まれた環境で育ったのだろう、柔らかい雰囲気をまとうアルマのような女など、少年の生まれ育ったソーホーにはいない。みんな、抜け目なさや猜疑心《さいぎしん》を笑顔の裏に隠して日々を生きている。大通りを挟んだこちらと向こうでは、文字通り生きている世界が違うのだ。彼女にしてみれば、たかが配達少年にこうしてカフェラテを振る舞ったのもほんの気紛れに過ぎないのだろう。

だから、金持ちは嫌いだ。

少年は心の中でつぶやいてスツールを降りる。親切めかして微笑む彼女は、潰れた箱、割れ砕けた中身を見てどんな顔をするだろうか。もし目の前にあるコーヒーを淹れるための道具のように外国から仕入れた高価な品だったとすれば、それを壊してのうのうとカフェラテを飲んでいる少年を憎らしく思うことだろう。

おやっさんに言いつけられでもしたら、殴りつけられた上に給金から弁償させられるはずだった。一か月、いや数か月はタダ働きになるだろうと考えると、乾いた笑いしか出てこない。少年は、せめて下は向くまいとなけなしの意地をかき集めてカバンを開き、無残に潰《つぶ》れた小箱をカウンターに置く。

自分は決して間違ったことをしていない。あのかわいそうな少女を助けたのが罪だと言うのなら、気が済むまで怒ればいい。半ば自棄になって固く目をつむり、それでも胸を張ってアルマの言葉を待つ。

かさかさ、という箱を開けるわずかな音だけが店内を満たす。

名も知らぬ少女のせいにはするまいと決める。ひとしきり少年の腕に抱かれて泣いた少女は、涙を浮かべながらも顔を上げ、そして笑ってみせてくれたのだ。無様《ぶざま》に言い訳するのは、そんな彼女の健気《けなげ》さを汚すことだと思った。

身体が強張《こわば》り、心臓が早鐘を打つ。

すっと息を吸うような気配。

来る。そう思った。

少年の意識はそこで途切れる。

＊

ふっと身体が揺らぐような感覚。

気付くと、少年はスツールに腰掛け、カウンターに突っ伏していた。

「おはよう。目は覚めた?」

問いかけられ、顔を上げると、そこには背伸びをして爪先立ちで食器棚へカップを仕舞い入れ、くるりとターンするように振り返って笑うアルマの姿があった。落ち着きと余裕を湛《たた》えた、それでいて嫌みのない声と笑顔が少年を現実へと引き戻す。自分は届け物を割ったことでアルマに怒られるのを待っていたはずなのに、どうやらカフェラテを飲んで居眠りしていたらしい。

「届けもの、ありがとうね。ずっと待ってたんだ」

「そうだ、箱は――」

カウンター上に目を走らせる。

「――え？」

それは、すぐに見つかった。

見覚えのある、潰れて歪《ゆが》んだ箱。

その隣には、薄くて華奢《きゃしゃ》なコーヒーカップが置かれている。

割れてもいなければ、欠けてもいない。上品というのはこういうものを言うのだろうと教養のない少年にも感じさせる、美しいカップだった。

「このカップはね――」

欠けひとつないそれを両手で包んでそっと持ち上げ、アルマは言う。

「――わたしのお師匠様が使ってたのと、同じものなの。けど、特徴ある装飾や刻印はされてないから、どこで誰が作ったものなのか分からなくて……わたしの不注意で割ってしまってから、ずっと探してたの」

また出会えて、よかった。

そう言って、アルマは慈《いつく》しむようにカップの表面に指先を走らせる。その様子にしばし見惚れていると、割れたような音を聞いたのは、中身が壊れることを恐れた自分の空耳だったのではないかと思えてくる。結局のところ、カップは無事だった。納得いかないが、現にカップが無事である以上、それ以外に説明がつかない。

「えっと、じゃあ、品物に問題はなかった？　後から苦情は受け付けないよ」

半信半疑のまま確認の言葉を口にする。

「確かに受け取りました。アンディさんにはそう伝えておいて」

「分かった。代金はもう済んでるんだっけ？」

「ええ。これからも配達よろしくね、トム君」

からんからん、と来客を知らせるベルの音が響き、アルマがそちらへと視線を向けたことで少年は長居し過ぎたことに気付く。これ以上遅れれば、確実におやっさんに怒鳴られることになるだろう。

少年は慌ててスツールを降り、急ぎ足で出口へ向かう。そしてドアノブに手をかけたところで、一言だけ言っておかなくてはならないことを思い出して、振り返る。

「ありがとう。その、旨かったよ、カフェラテ。オレと同じくらいの歳なのに、あんなすごいの作れるなんて、アルマ……さんはすげーと思う」

慌てて口走り、それから急に気恥ずかしくなり、返事は待たずに勢いよくドアを押す。ベルが騒々しい音を鳴らし、ますます居心地が悪くなる。

「いつかオレが金持ちになったら、彼女でも連れてまた来るから！　そんときは、今日のカップで出してくれよな！」

我ながら、まるで捨て台詞《ぜりふ》のよう。

きっと、ロンドンの春の夕暮れが自分に言わせたのだと思う。

アルマの首元を飾るネクタイのように朱に染まるブルームズベリーの気取った街並みは、昨日までよりは悪くないものに見えた。

5

一日の仕事を終え、全身を包む心地よい疲れを感じながらお店のシャッターを閉め、窓のロールスクリーンも下ろしていく。

職業としてカフェを営むほどなのだから、年齢も職業もばらばらのお客にコーヒーを淹れて話をするのはもちろん好きだ。けれど、こうして一人で過ごす時間もわたしは嫌いではない。雑巾とモップで手早く丁寧に掃除を済ませてから、自分用のあれこれを用意してカウンターの端に座る。

昼間焼いたアップルパイとナッツのクッキーの残りに、自分用の安い紅茶葉を合わせ、夕食の代わりとする。適当に淹れた紅茶は苦みの強い代物となってしまい砂糖を入れたい誘惑に駆られるが、朝から摂《と》った糖分の量を思い返して我慢する。

「おいしいお菓子って、どうしてあんなに砂糖とバターが入ってるのかしら」

菓子作りに携《たずさ》わったことのある人間なら、作っている最中には甘くなり過ぎないだろうかと不安になるほどの砂糖とバターを入れて、ようやくできあがったお菓子がちょうどいい甘さになるという感覚の乖離《かいり》を体験したことがあるはずだ。

ただでさえ横着をしてお店の余り物を夕食とすることが多いのだから、いくら立ち仕事とはいえ少しは考えないと、すぐに太ってしまいかねない。

アップルパイを一切れ、フォークで突き刺して口へ運ぶ。冷めているが、果実と砂糖の甘みとが溶け合い、シナモンの香りが嗅覚《きゅうかく》を楽しませてくれる。焼きたてのさくさくとした感触は失われつつあるが、甘みを十分に味わった後にくるシンプルな香ばしさは次の一切れへとフォークを誘う。

総じて、まずまずの出来と言えた。フォークと皿が触れ合うかすかな音の中、わたしは明日のメニューについて思いを馳《は》せる。

カフェ・アルトのメニューは、定番となっているいくつかのものを除けばフードもドリンクも日替わりだ。マスターであるわたしが、その日にふさわしいと思ったものを提供するやり方はお師匠さまから受け継いだものだ。

そろそろレーズンのラム酒漬けが仕上がる頃なので、明日はケーキを作ろうと決める。コーヒーは酸味を抑え、苦みを強く出すとケーキの甘さがより引き立つはず。

「お皿はどれがいいかな」

棚に並ぶ食器に視線を向ける。食器もまた大切な要素の一つだ。お師匠様は一点ものを好んで使っていたが、雰囲気の統一に加えて利便性の意味でもセットの食器がわたしの好みだ。食器棚の上の方に収められた一点ものは、お店のインテリアの一部として、また特別感の演出として用いることにしている。

今日、配達少年のトムが届けてくれたカップも、そうした特別な食器の一つになる──そのはずだった。

カウンターの上にぽつりと置かれた白磁《はくじ》のカップが、ぱきん、と音を立てて二つに割れる。名残惜《なごりお》しいが、いまのわたし──カフェのマスターにして駆け出しの魔女──にできるのはこれくらいのもの。

ずっと昔、お師匠さまのカップを割ったときもそうだった。落として割れたカップをお師匠様は傷一つなく修復して見せてくれて、しかししばらく経ったある日、カップはいつの間にかお店からその姿を消し、定位置だった場所には別のカップが鎮座《ちんざ》していたのを覚えている。

夢がいつか冷めるように。
魔法はいつか解けるもの。

お師匠様が、繰り返し言っていた言葉。
そう、魔法なんて大したものではない。
一度壊れたものは、壊れる原因となった因果を断ち切らない限り、いくら巻き戻しても時が来ればまた壊れる。永遠の若さを保ったり、他人を操《あやつ》ったりなんて魔法は夢のまた夢。わたしの魔法でできるのは、少年の大きな勇気から生まれた小さなミスをほんの少し手助けする程度のこと。

けど、それでも魔法に意味がないとは思わない。

いつか少年が素敵な彼女を連れてお店を訪れてくれるのなら。

割れたカップの思い出も、きっと素敵なものになるだろう。

高貴なる猫はいずこへ

Who is the Felicide ?

1

開店準備をしながら感じる、どことない物足りなさ。

原因は分かっている。彼女——界隈のマスコットである灰色猫のルシア——の姿を、しばらく見かけていないのだ。毎日とは言わずとも数日に一度はミルクを振る舞っていたので、姿すら見せないのでは心配にもなる。お客さんや近隣の店員にもそれとなく尋ねてみたものの、結果は芳《かんば》しいものではなかった。

ルシアのことを気にかけるのは、姿を見ないことだけが理由ではない。ここ最近、新聞を賑わせる『猫殺し』の話題。飼い猫か野良猫かを問わず、猫を捕まえては首を掻《か》き切り、人目につく場所に放置するという陰惨《いんさん》な事件が連続しているのだ。

「賢い子だから、上手くやっているとは思うのだけど」

暗い表情をしていてはカフェの売り上げにも差し障《さわ》る。大きく深呼吸して気持ちを切り替え、ほうきを持って表口から通りに出る。まだ人影のまばらな、早朝のブルームズベリー。いつも通りの風景だが、どことなく違和感を覚えて視線を下げる。

「これって、血……？」

点々と散らばる血痕。泥と混じった赤茶色のそれに眉をひそめつつも、どこか安堵《あんど》する気持ちもあった。ミルクへの返礼のつもりなのか、ルシアが狩りの獲物を店の前に置き去りにすることは以前もあったからだ。返礼――すなわち小動物の死骸――の片付けは気が進まないが、店の前に放置するわけにもいかない。何より、ルシアが生きている証拠なのだとすれば喜ばしいことだった。

血は入り口の脇に置かれたミルク缶の陰に続いている。ルシアが去ったときはまだ息絶えていなかったのか、そこまで身体を引きずっていったのだろう。そのまま逃げてくれていればいいのだけれど、と淡い期待を抱いてミルク缶を持ち上げる。

ネズミか小鳥だと考えていたので、姿を現したそれが意外に大きかったことで凍り付く。塵芥に塗れてツヤを失った毛皮、街路に流れる大量の血。ぴくりとも動かず、呼吸している様子もない猫の死体を前に、わたしはしばし立ち尽くした。

「一体、誰がこんな酷いことを……」

頭をよぎるのは新聞に載っていた『猫殺し』関連の陰惨な記事だ。もしかしたら犯人がすぐ近くで見ているかも知れないと気付き、慌てて周囲を見回す。

「誰もいない、か」

改めて猫の死体を観察する。汚れた毛皮はツヤを失って灰色に近いが、元は黒猫のようだった。灰色の美しい毛並みを持つルシアではなかったことに、まずは安堵のため息をつく。それから恐る恐る触れてみるも、身体はすでに冷たくなっていた。おそらく、死んでからずいぶん時間が経っている。

出血のほとんどは掻き切られた首からのものだ。新聞に載っていた『猫殺し』の手口とも一致する。本物か模倣犯《もほうはん》かは分からないが、どちらにしろ片付けなくては開店もできない。早朝からの憂鬱《ゆううつ》な仕事に、わたしは深いため息をついた。

2

テムズ川から立ち昇る朝霧に包まれるロンドン港に、腕組みをした壮年《そうねん》の男が立っている。彼の名はバーナード・バナマン。自らが経営する貿易会社バナマン・トレードの船舶が自社ドックに入り、荷揚げをする様子をじっと見守っていた。

荷揚げは基本的に体力勝負だが、持ち上げ、運び、降ろすという一見して単純な動作の中にも技術が求められる。若くて経験の浅い労働者は、初めこそ威勢がいいものの、身体の使い方が悪いためにすぐ動きが悪くなり、仕事が雑になる。

荷揚げが始まって一時間あまり。そろそろアクシデントが起きてもおかしくないと思った矢先、ドックに木箱同士がぶつかる激しい音が響き渡る。バーナードが視線を向けると、新入りらしい見慣れない若者が顔をこわばらせ、肩をすぼめる。

「おい、そこの君！」

「……すみません、バナマンさん。手を滑《すべ》らしちまいまして」

つかつかと歩み寄るバーナードの姿を見て、彼はまずいところを見られたと思ったのか、ますます縮こまる。地面の一点に視線を固定し、降り注ぐ罵声《ばせい》に耐えようとしているかのような若者の肩を、バーナードは軽く叩いてやる。

「怪我はないかね？　手を挟んだりは？」

「え？　いや、大丈夫ですが」

予想と違う第一声に困惑したような声が返ってくる。

「よろしい。君は新顔だね？　名前は？」

「ミックです。ミック・テイラー」

「ミック。この木箱を持ち上げて、もう一度降ろしてみたまえ」

罵声に耐える厳しい表情から困惑へと移り変わっていたミックの表情が、今度は不審げなものに変わる。バーナードはそれに構うことなく、重ねて促《うなが》すことでミックに先ほど言った通りの動きをさせる。二人のやり取りは注意を引き、次第に衆人環視と呼べる状態になっていた。怒らないなら早く解放して欲しい。そんな心の声が聞こえてきそうだったが、バーナードはそれを意にも介さず観察を続ける。

「なるほど。君が木箱を取り落とした理由は分かった。持ち手と腰の位置を変えれば、さっきのようなことはなくなるだろう。いいかね？　よく見ておくんだ」

今度はミックの前で、正しい持ち方と上げ下ろしの仕方を実演する。腰を入れて、荷物と身体の重心を近づけるのがコツだ。ミックは周囲から向けられる苦笑混じりの視線に戸惑いつつも、じっとバーナードの動きを観察して学ぼうとしていた。

「理解できたかね？　では、実践してみたまえ」

バーナードに促され、ミックが木箱を持ち上げる。予想より楽に持ち上がったことに驚いたような表情を見せるミックに、バーナードが会心の笑みを浮かべる。

「よし、その調子だ。仕事を再開したまえ！」

ミックの動きぶりに納得したように大きくうなずいたバーナードが彼の背中を叩いて送り出すと、入れ違いに労働者たちのまとめ役であるアダムズがにやにやと笑いながら近づいてきた。どうやら二人のやり取りをずっと見守っていたらしい。

「やってましたな、バナマンさん」

「本来は君の仕事だろうに、アダムズ」

「大切な仕事を邪魔しちゃいかんと思いましてね」

「なんだって？」

「新入りには声をかけ、名前で呼びかけ、ちょっとした仕事のコツを教える。社長自らがそれをやるってんで、若いやつらは感動して、不思議とやる気を出すんですな」

「別に、そんなつもりでやっているわけではないのだが……」

「お人柄ですなぁ。バナマンさん、あんたには人徳ってやつがある」

「お褒《ほ》めに与《あずか》り光栄だが、給料は増えないぞ」

「酷いですな、そんな下心はありやせんよ。まったく、前言を撤回したくなります」

「扱う品物が品物だ。乱暴に扱ってもらっちゃ困る。それだけのことさ」

「ま、そういうことにしておきましょう」

アダムズは訳知り顔で肩をすくめながら仕事に戻っていくが、いい加減で乱暴な荷揚げをしてもらっては困るというのは本音だった。世間では単純労働として見下されている荷揚げ作業だが、バーナードはこれを重要視していた。

貿易会社にはそれぞれ得意分野があり、バナマン・トレードが専門として手がけるのは嗜好品《しこうひん》、すなわち酒や茶、煙草、コーヒー豆にカカオ豆といった品物だ。生産や収穫はもちろん、その後の加工、輸送時の熱や湿気、船の動揺といった劣化の要因から、いかに商品を守るかが腕の見せ所となる。

荷揚げを自ら監督するのもその一環だ。苦労に苦労を重ねて世界各地から運んできた高価な品物が、航海中の粗雑な管理や乱暴な荷下ろしで台無しにされてはたまらない。おが屑《くず》の高級酒漬け、潮風に湿気《しけ》った煙草、ネズミの糞入り特級コーヒー豆といった商品を高く買ってくれる顧客がいれば別なのだが、あいにくそのような奇特な客には一度もお目にかかったことがない。

ドックに鋭い笛の音が響き渡る。まとめ役のアダムズが吹いた笛だ。

「よし、休憩の時間だ。しっかり休めよ！」

その声に応じて、各人が思い思いに休息を取り始める。煙草を吸う者、談笑する者、短い時間を惜しむよう目蓋を閉じて眠る者。彼らは全員がバナマン・トレードの社員だ。通常、荷積みや荷揚げは日雇いを使うことが多いこの業界において、全員を常勤として雇うバーナードのやり方は当初、同業者の嘲笑《ちょうしょう》を受けたものだ。

実際、コストはかさむ。バナマン・トレードの規模では荷積みと荷揚げが毎日あるとは限らないからだ。同業者が日雇いを使う理由もそこにある。しかし、扱う品物の金額と破損のリスクを考えれば十分に釣り合うとバーナードは踏んだ。加えて、往々《おうおう》にして粗暴で刹那的《せつなてき》な生き方をする港湾労働者の彼らが、安定した収入を得ることで真面目にいい仕事をするようになるという副次的な効果もあった。

「……うん？　そこの君、ちょっと待ちたまえ！」

視界の端で目についた人影に、とっさに声をかける。船縁《ふなべり》に立ち、身体から離すようにして麻袋《あさぶくろ》を持つ船員は、ウィッティントンという名前だったはずだ。

「ウィッティントン君だね？　その麻袋はどうした。なぜ川に捨てようと？」

視線が泳ぎ、空いた手で頭を掻くウィッティントン。

「いやあ、その、バナマンさんに見せるようなもんじゃ……」

「いいから、その袋を持ってこっちへ来たまえ！」

渋々といった様子でバーナードの指示に従うウィッティントン。袋の口をつまみ、汚物でも入っているかのように身体から離して持っている。

「スクリューにでも絡まったら大事になる。ゴミを海や川に投げ捨てるなと、あれほど言っているだろう。中身はなんだね？」

ものによってはスクリューの破損、ひいてはエンジンへのダメージにも繋がりかねない。ウィッティントンの行為は到底見過ごせるものではなかった。

「すみません。その……見て気分のいいものでもないので」

「私は袋の中身を尋ねているのだ。いいから渡したまえ」

なおも言葉を濁《にご》すウィッティントンに苛立ち、袋を奪い取る。固く締められた袋の口を開き中を覗きこんだバーナードは、思わず顔をしかめる羽目になった。

3

ロンドン市街に立ちこめる霧が朝日に駆逐《くちく》されていく。夜を生業《なりわい》とする者が床《とこ》に就《つ》き、昼の仕事に携わる者が目覚める前の、狭間《はざま》のような時間帯。

ロンドン警視庁——通称スコットランドヤード——に所属するロニー・ヴァランス刑事は夜通しの聞きこみを終え、眠い目をこすりながらも重い足を前に進めていた。向かう先はブルームズベリー地区にあるカフェだ。そこで相棒のダリル・オブライエンと聞きこみの成果を共有する約束になっていた。

ロニーと相棒のダリルは現在、連日のように新聞を賑わせる『猫殺し』を追っている。殺人や強盗といった重大な案件をいくつも抱える二人にこの案件が回ってきたのは、警察上層部の人間が自身の飼い猫を『猫殺し』に殺されたのが発端《ほったん》らしい。

直属の上司であるマクベインから、全ての案件を後回しにして最優先で解決せよとの厳命を受けたのが昨日のことだ。思い出すだけで腹が立つ。

「何度も言っている通りだ。君とダリルに『猫殺し』の捜査を命じる」

「ご存じの通り、我々は猫より人間の犯罪者を追うのに忙しいんです」

「だから、君たち二人の抱える事件は他の者に回せと言っている」

「冗談でしょう？　みんな手一杯で、後回しにされるのが落ちだ。そうなったら捕まるものも捕まらなくなる。凶悪な殺人犯を放置して、こそこそと猫を殺して回る愉快犯を優先しろだなんて、どう考えたって馬鹿げている」

食い下がるロニーの眼前に、マクベインの指が突きつけられる。

「ロニー。いいか、これは命令だ。君とダリルの両名は『猫殺し』を逮捕するまで、他の事件の捜査に携わることを一切禁止とする。繰り返すが、これは命令だ！」

口に出すのも憚《はばか》られる悪罵の数々を飲みこんだ驚異的な自制心は褒められて然《しか》るべきだろう。相棒のダリルを同席させなかった判断も我ながら賞賛に値する。彼ならきっとマクベインの顔に一発お見舞いしていたに違いない。

ともあれ、命令であるからには可能な限り迅速《じんそく》に終わらせるより他に術《すべ》はない。これまで発生した『猫殺し』によるものと思われる犯行をリストアップし、発生箇所を地図上にマーク。その結果、犯行の多くはテムズ川の北岸、シティ・オブ・ロンドンとその周辺の地区で行われていることが判明。また犯行時刻は夜間が多いことから、日没を待って聞きこみを開始した。そこまではよかったのだ。

「くそっ……あれだけ犯行を重ねて目撃者はおろか、噂ひとつ立っていないとはな。こいつは思ったより面倒な事件かも知れん」

一晩かけて、手がかりひとつ得られない。この結果は予想外だった。

新聞に載るような話題性のある事件は、犯罪者やその予備軍の中でも話題になる。すでに起きた事件の犯人はもちろん、実際に犯罪を起こす前から犯行計画が噂になっていることも少なくない。彼らなりの情報網というものがあるのだ。

——例の殺人事件。あれはやつの仕業だそうだ。

——今度は誰それがデカいことをやらかすらしい。

裏社会では、そうした『真実』がまことしやかに語られる。もちろん口から出任せの与太話や誤情報も多いが、それがとっかかりになって犯人逮捕に結びつくこともあるので馬鹿にできない。刑事としてのキャリアが長くなれば、そうした情報源をいくつか持っておくメリットは嫌でも理解させられる。

しかし『猫殺し』に関しては情報がまったく出てこない。これは、犯人が十分な準備と細心の注意の下で犯行を重ねていること、他の犯罪者との繋がりがないか、自分の成した犯罪について沈黙を貫くだけの自制心を持っていることを意味する。

「いかん、通り過ぎるところだったか」

三角帽の看板が目に留まり、自分がどこに向かっていたのかを思い出す。

ブルームズベリーのカフェ・アルト。若いマスターが一人で切り盛りする小さなカフェだが、目が覚めるほど旨いコーヒーを淹れる。徹夜明けの一杯にはぴったりの店と言える。相棒のダリルはもう来ているだろうかと考えつつドアノブに手をかけたところで、扉が内側から開き、慌てて後退する。

「おっと、悪かったね」

「いや……構わないさ」

店内から出てきたのは若いカップルだった。ロニーが道を譲ると、軽く会釈《えしゃく》しながら通っていく。おそらく仕事前の朝食を共にしていたのだろう。職業病でつい後ろ姿を視線で追ってしまうが、二人ともロニーのことは視界にも入らない様子だった。

「新しい仕事はどうだい、アリー」

「タイプライターなんて使ったことなかったけど、貴方《あなた》が見つけてくれた仕事だもの。キーの配置も少しずつ頭に入ってきたし、なんとかやれると思うわ」

「無理はしなくてもいいんだよ。なんだったら」

「大丈夫、前の仕事に比べれば天国みたいなものよ。相変わらず心配性ね、トム」

「そうか……じゃあ、がんばって」

「トムも」

軽い抱擁《ほうよう》を交わして別れる二人を見送ってから、改めて扉を開く。さほど広くない店内に相棒の姿はなく、グラスを磨くマスターを除けば客の姿はなかった。

「いらっしゃい」

「後でもう一人来るんだが、少し待たせてもらっても？」

「ええ、構いませんよ。テーブル席でよろしいですか？」

「ありがとう。連れが来たらブレンドと、軽くつまめるものを頼むよ」

「サンドイッチでいいですか？」

「ああ、いいな。トマトは抜いてくれ」

「かしこまりました」

　席に腰を落ち着けて待っていると、店の奥から壮年の男性が姿を現す。整った身なり、落ち着いた立ち居振る舞い。ただの出入りの業者にしては貫禄《かんろく》がある。男は額に浮かんだ汗を拭《ぬぐ》うと、マスターに話しかける。

「頼まれた豆の搬入は裏口から済ませておいたよ」

「いつもありがとうございます、バーナードさん」

「なに、君の淹れるコーヒーを飲むついでさ」

　男からマスターに、伝票が渡される。

「はいこれ、お代です」

「確かに頂いた。それと、我が社で新たに開拓した産地から試飲用にと、サンプルの豆が届いている。分かるように置いてあるから、どうか試してくれたまえ」

「本当ですか？　すごく嬉しいです」

　マスターの表情が華やぎ、声のトーンが上がる。それを見て、バーナードと呼ばれた男はもちろん、ロニーまで笑みが浮かんでしまう。

「喜んでもらえてよかったよ」

「カウンターへどうぞ。いつものモカでいいですよね？」

バーナードはマスターの言葉にうなずくと、手に持っていた紙袋を床に置いてスツールに腰掛ける。それを機にロニーも視線を切り、相棒の到着を待つ。ほどなくしてドアベルが鳴り響き、ダリルが姿を現した。手を挙げて呼び寄せる。

「注文は？」

「もう済ませてある。ホットでいいだろ？」

「ああ、目の覚めるやつがいいな」

「期待していいぞ。ここのコーヒーは旨い」

サンドイッチとコーヒーが運ばれてくる。匂いだけでも目が覚めそうな濃厚さで、吹き冷まして口に含むと苦みとコクが絡み合った複雑な味が広がる。

「さて、戦果の報告といこうか」

バターの塩気が効いた卵とハムのサンドイッチを頬張りながら、聞きこみで得られた情報を共有する。時間はかからなかった。ダリルもまた、手がかりの得られない無為な一夜を過ごしていたらしい。しばらくは黙ってサンドイッチとコーヒーに集中する時間が続く。温かいものを腹に入れると、少しは前向きな気分になれた。

「ロニー、どうする？　このまま聞きこみを続けても期待薄に思えるが」

「まだ一日目だ。そう決めつけるには早いだろう」

「じゃあ、今度は猫にでも聞いてみるか？」

「驚いたな、ダリル。猫語が話せるとは知らなかったが、ぜひそうしてくれ」

軽口に皮肉めいた笑みを浮かべ、ダリルがカウンターの方を見やる。

「なあ、お嬢ちゃん。俺たちは『猫殺し』を探してるんだが、なんか知らないか？　この辺で猫が殺されたとか、あるいはお嬢ちゃん自身が見たとか」

唐突な問いかけにマスターは目を丸くし、それから曖昧《あいまい》な笑みを形作る。

「さあ……知りませんね」

「何でもいいんだ。客の間で話題になっていたりはしないか？」

「おい、ダリル。その辺にしておけ」

食い下がるダリルに困り顔を浮かべるマスターを見かねて、ロニーが制止する。

「俺たちはコーヒーを飲みに来たんだ。マスターを尋問《じんもん》しに来たんじゃない」

「ただ質問してるだけだろ？」

「こういう場所で物騒な話はやめろ、と言ってるんだ」

視線と身振りでそれとなくバーナードを示すと、ダリルは肩をすくめて応じる。その表情は、納得いかないがこの場は口を閉じてやる、と雄弁に語っていた。ある種の無神経さと押しの強さは刑事に必須の資質だが、ロニーとしては旨いコーヒーを出すカフェのマスターに疎《うと》まれたくなかった。

「ごちそうさま、マスター。私はもう行くとするよ」

　気まずい雰囲気の中、バーナードが席を立つ。

「あ、ええ。お代は、試飲用の豆をいただいたということで」

「そうかね？　では、お言葉に甘えるとしようか」

「またのご来店、お待ちしてますね」

　バーナードが退店する。マスターとの会話から察するに、貿易会社の経営者もしくはそれに近い立場にいるらしい。カフェ・アルトが安定して旨いコーヒーを出すのに一役買っているのが彼というわけだ。心の中で感謝を述べておく。

「ん……忘れ物か？」

　バーナードが座っていたスツールの側《そば》に、紙袋がぽつんと置かれている。確か、入店時にはなかったはずだ。記憶を辿《たど》り、バーナードが席に着くときに置いていたことを思い出す。今なら間に合うかも知れないと考え、カウンターの内側からは死角になって見えないそれを持ち上げ、マスターに示す。

「マスター、これは彼が忘れていったものでは？」

「え？　ああ、ほんとね。どうしようかしら」

そのとき、嗅ぎ慣れた臭いがわずかに鼻を突き、思わず顔をしかめる。カフェにはあるまじきその臭いを、ロニーはよく知っている。死臭だ。

「どうかなさいましたか？」

ロニーの表情が一変したためか、マスターが不思議そうに首を傾げる。

「……失礼。警察として、中身を確認させてもらっても？」

ロニーの真剣な表情に思うところがあったのだろう。マスターは黙ってうなずく。

カウンターに置いた紙袋から出てきたのは油紙の包みだった。縛ってある紐《ひも》をほどいて包みを開くと、死臭はさらに強まる。油紙の中身は、茶虎の猫の死体だった。

「ロニー？　何が入ってたんだ？」

「……猫の死体だよ」

「何だと？　おい、さっきの男……バーナードとか言ったか。俺たちが『猫殺し』の話題をマスターに振った途端、急いで出ていったようにも見えたな。なあロニー、こいつはもしかすると、やつが犯人なんじゃないか？　おい、すごい偶然だな」

勢いこんでダリルが席を立ち、テーブルに叩きつけるように代金を置く。

「行くぞ相棒。やつを追いかける」

「あの、待ってください」

ダリルとマスターの言葉が重なる。どちらを優先するべきか、一瞬だけ迷う。

「先に行け、ダリル。後で追う」

言い争う時間が無駄だと考えたのだろう。ダリルは舌打ちを残して店を走り出ていく。しかしバーナードが出ていってからの時間を考えると、仮に彼が犯人ならもう姿を隠しているに違いなかった。ロンドンには身を隠す場所など星の数ほどある。

「それで、マスター」

だから、今はこちらの方が重要だとロニーは判断した。

「なぜ、この状況で待てと言ったのか。教えてもらえますか」

マスターはロニーの視線に怖じ気づくことなく、まっすぐ見返してくる。

「バーナードさんは『猫殺し』ではない。そう思ったからです」

判断に迷うところだった。知り合いが犯罪者だと考えたくないのは自然な感情であり、時には半ば無意識に嘘をついてまで犯人をかばおうとする人間は少なくないからだ。マスターがそうではないと判断するほど、ロニーは彼女のことを知らない。

「……バーナード氏とお知り合いであるマスターがそう思うのは無理もないことです。しかし、我々は職業柄、温厚で人当たりのいい犯人を目にすることも珍しくありません。残念ながら、我々の仕事は他人を疑ってかかることなのです。バーナード氏が犯人ではないとする根拠があるなら、それを伺《うかが》ってもよろしいでしょうか？」

「もちろん、根拠もなくこんなことを言ったりはしません」

そう断言して、マスターは説明を始める。彼女の述べる推理は的確で説得力に溢《あふ》れており、ロニーは思わずそれに聞き入ってしまったのだった。

4

マスターが説明を終え、ロニーがいくつか質問を投げたところでダリルがバーナードを連れて戻ってくる。彼はロニーが追いかけてこなかったことに憤慨《ふんがい》していた。

「俺が必死に犯人を追いかけてる最中に、相棒はお嬢ちゃんとお喋りかよ」

「そう言うなよ。ちゃんと『猫殺し』の話をしてたさ」

「何を話すって？　もう犯人は捕まえたんだからいいだろう」

ダリルはすでにバーナードを犯人と決めてかかっている。バーナードの方は不安の滲《にじ》む表情で、ダリルに肩を小突かれながらも抗議の声を上げる。

「ろくに説明もなく引きずってきて、おまけに私が犯人？　一向《いっこう》に話が見えないのだが、誰か納得のいく説明をしてもらえないだろうか」

「しらばっくれるな！　物証はもう上がってるんだ」

ダリルの指差す先、猫の死体は油紙に包み直されている。しかし、自らの忘れ物を指摘されたバーナードが顔をしかめたことで、彼が中身を知っていたこと、それゆえ自身に『猫殺し』の嫌疑がかけられたと理解したことが察せられた。

「もう説明するまでもないだろう？　貴様には『猫殺し』の嫌疑がかかっているんだ。

さあ言え。首を掻き切られた黒猫なんて不吉な代物《しろもの》を、なぜ後生《ごしょう》大事に油紙に包んで持ち運んでいた？　これからどこかに置くつもりだったんじゃないのか？」

　ダリルの言葉がどこか引っかかった。しかし違和感が明確な言葉となる前に、バーナードの反応に確信を深めたらしいダリルが彼の襟首《えりくび》を掴んで詰め寄る。あまりの剣幕に言葉もない様子のバーナードを見かねて、ロニーが間に割って入る。

「待てよ相棒。まずは話を聞くんだ」

「だから話し合いをしているんだろう。こいつが自白すればこの件はお仕舞いだ」

「いいえ、そうはならないわ」

　尋問を続けようとするダリルを、マスターが遮《さえぎ》る。

「バーナードさんは『猫殺し』ではない。そうですよね、刑事さん？」

　マスターの言葉に、ダリルがあからさまな舌打ちで応じる。

「おい相棒。お嬢ちゃんに何を吹きこまれた」

「いいから黙って聞け、ダリル！　話はそれからでも遅くはない」

　呆《あき》れたとばかりに肩をすくめるダリル。それでもなおロニーが睨みつけると、仕方ないとでも言いたげにドアに背中を預け、話を聞く態勢を取る。

「犯人に逃げられちゃたまらんからな。ここで聞かせてもらうぜ。いいだろう？」

「バーナードさんも、少しだけお時間をいただけますか？」

「疑いが晴れるのであれば、もちろんお付き合いしますよ」

マスターの問いかけにうなずき、逃げる意思などないと示すようにカウンターのスツールに腰掛けるバーナード。ロニーはその場の全員の表情が見える位置に陣取った。ダリルに頼んで表にかけられた札をクローズにひっくり返してもらい、準備が整ったことを確認したマスターが口火を切る。

「さて、これからお話しするのは、あくまでわたしの推理に過ぎません。細かい部分で間違いもあるかも知れませんが、まずは最後まで聞いていただけますか？」

マスターが全員の顔を見渡す。異論は出なかった。

「ありがとうございます。では、バーナードさんの忘れ物についての話から始めましょう。この油紙に包まれた猫の死体を、なぜバーナードさんが持っていたのか？」

「やつが『猫殺し』だからだ」

ダリルのつぶやきを無視して、マスターが続ける。

「以前、バーナードさんから聞いたことがあります。長い船旅をする貿易船では、食料や貨物を狙ってネズミが入りこむことがよくあると。そうですよね？」

「その通りだ。ネズミとゴキブリだけはどれだけ対策しても入りこんでくる」

「では、どのような方法で駆除しているのか教えてもらえますか？」

「罠《わな》、毒餌。そして、猫だ」

バーナードの端的《たんてき》な返答を、ダリルが馬鹿にしたように笑う。

「なるほど、つまりお嬢ちゃんはこう言いたいわけだ。この猫はネズミ取りのために船で飼っていた猫だと。だが、それをどうやって証明する？　証明できたところで、猫が殺されている理由と、こいつが死体を運んでいた理由はどう説明する？」

「ひとつずつ、説明していきましょうか」

カウンターから出てきたマスターが、全員によく見えるようテーブルの上に油紙の包みを置き、広げていく。中から姿を現したのは、痩《や》せ細った茶虎の猫の死体だ。それを目にしたダリルが息を飲み、それからゆっくり時間をかけて吐き出していく。湧き上がる感情を落ち着け、呑みこもうとするかのように。

「よく観察してみてください」

マスターの言葉を受けて、ダリルを除く三人がテーブルの周りに集まる。

「毛先が傷《いた》み、あちこちに塩の結晶が付着しているのが分かります。また、耳先や鼻先は日焼けで赤くなっていることも見て取れます。長期間に渡って潮風に晒《さら》され、強い日差しを浴び続ける環境にいた証拠です」

「傍証《ぼうしょう》に過ぎんな。それだけで船に乗っていたとは言えんだろう」

ダリルの反論に、マスターがあっさりうなずく。

「はい。ですから、バーナードさんの会社が所有する船の乗組員に尋ねていただければ、この猫が船に乗っていたかどうか確認が取れるはずです」

「後から確認できることだ。この猫は船に乗っていたという前提で話を進めよう」

ロニーの言葉に皆がうなずく。

「次に死因ですが、見る限りでは外傷はありません。もし『猫殺し』によるものだとすれば、首を掻き切られて死んでいるはず」

「これから首を切るところだったのかも知れんぞ」

茶々を入れるダリルに、ロニーが反論する。

「いや、確認されている犯行現場の状況から『猫殺し』は生きたまま首を掻き切っていると推察されている。ダリル、お前も知っているはずだぞ」

「そうだったか？　まあ、いいだろう。それで、この猫はなぜ死んでいる？」

「見たところ、この猫はずいぶん痩せ細っています。猫を船に乗せるときは、ネズミを捕らせるためにわざと餌を与えず、腹を空かせておくそうですが」

バーナードが同意を示すようにうなずく。

「マスターの言う通りだ。船員の話によると、ネズミの被害に閉口して寄港先で乗せてみたものの、あまり狩りが得意ではなく、いつも腹を空かせていたそうだ。加えて人に懐かない性質で、うっかり手を出そうものなら手酷く噛まれたり、引っかかれたりしたらしい。そんなわけで、船員たちにはかなり疎まれていたようだ。少なくとも、弱った様子を見ても放っておかれ、死んだ後でようやく気付かれる程度には」

「つまり、病死もしくは餓死がこの猫の直接の死因と考えられます。生きた猫を捕らえて首を掻き切る『猫殺し』の犯行とは明らかに異なります。どうでしょう、これでバーナードさんへの嫌疑は晴れたかと思うのですが」

全員の視線がダリルに集まる。

「おい、まだ疑問は残ってるだろ？　こいつが猫の死体を持ち運んでいた事実は動かせないんだ。手口にしたって、今までそうだったから今回も同じだとは限らない。仮に『猫殺し』じゃないにしても、なぜこんな紛《まぎ》らわしい真似を？」

「……適当な場所に埋葬《まいそう》してやろうとしたんだ。我が社の船に乗ったことが原因で死ぬことになった猫に哀れみを覚えたのがそんなに不自然なことかね？」

「ロンドン中心部は埋葬に適した場所とは言えません。郊外にあるご自宅に連れていって埋葬しようとしたバーナードさんの行動は動物愛護の観点から褒められこそすれ、決して非難される類のものではありません。カフェに動物の死体を持ちこんだのは、どうかと思いますけれど」

擁護《ようご》しつつも釘《くぎ》を刺すマスターに、バーナードが苦笑する。

「すまなかったよ、マスター」

「猫に免じて、許して差し上げます」

マスターはわざと怒って見せたのだろう。場の空気が和《なご》み、陰惨な事件の犯人を追及するような雰囲気は霧散《むさん》する。ダリルもまた、薄く笑いを浮かべながら両手を掲《かか》げ、降参するようなポーズを示す。

「分かった、了解だ。バーナードは『猫殺し』じゃない。疑ってすまなかった」

ダリルが手を差し出し、バーナードも快く握手に応じる。そんな和解の場面を、マスターの口にした言葉が鋭く切り裂く。

「残る疑問はひとつ。誰が本物の『猫殺し』なのか」

先ほどまでとは打って変わって冷め切った語調に、誰もが息を飲む。

「なあ、お嬢ちゃん。俺は間違いを認めたのに、まだその話題を続けるのか？」

呆れたような口調でダリルが言うが、マスターは淡々と続ける。

「ダリルさん、質問をしてもいいでしょうか？」

「いいぜ、素人《しろうと》探偵さんの気が済むまで質問してくれよ」

マスターはダリルの小馬鹿にしたような態度も意に介さず、頭の中で考えをまとめるように目を伏せ、グラスの水で唇を湿らせてから続ける。

「ダリルさん。貴方はバーナードさんを『猫殺し』として追及したとき、猫についてどう表現したか覚えていらっしゃいますか？」

マスターの質問を聞いて顔をしかめるダリルは、記憶を探っているようにも、質問を不快に思っているようにも見えた。

「……悪いが覚えていないな。それが重要なのか？」

「はい。貴方はこう言いました――」

「――首を掻き切られた黒猫、と」

マスターの言葉をロニーが引き取る。

「ダリル、お前はそう言ったんだ」

5

「首を掻き切られた黒猫、か」

腕を組み、ドアにもたれかかったダリルが言う。

「なるほど、確かにそう言ったのかも知れんな。だが、それがどうした？」

「ダリル、それが分からないお前じゃないだろう」

「分からんね。言いたいことがあるなら言えよ、相棒」

挑発するようなダリルの言葉を聞き、ロニーの語調が刺々《とげとげ》しさを帯びる。

「言ってやるさ。お前がバーナード氏を『猫殺し』と誤認して追いかけたときの状況を思い出せ。あのとき、俺は猫の死体としか口にせず、お前は紙袋の中身を確認することなく店を飛び出していった。しかし、バーナード氏を捕まえて店に戻ったお前は、紙袋の中身を『首を掻き切られた黒猫』と断言した」

容疑者の発言の矛盾《むじゅん》を突き、責め立てることには慣れている。しかし相棒に対してそれを行う苦痛は予想以上のものだった。それでもロニーは続ける。

「なぜ、見てもいない紙袋の中身を『首を掻き切られた黒猫』と断言した？　お前はどこでそれを見たんだ？　納得のいく答えを教えてくれ、相棒」

店内に沈黙が落ち、ダリルに視線が集まる。

「……落ち着けよロニー。別におかしなことじゃないだろう?」

やや間を置いてダリルが言う。

「『猫殺し』の野郎は首を掻き切って殺す。新聞にだって散々書かれてる。だから俺がバーナードを『猫殺し』だと勘違いしたとき、てっきり首を切られてるもんだと思いこんじまったのが、そんなに不自然なことか?　相棒、しっかりしてくれよ」

ようやくドアから背中を離したダリルが、親しげにロニーの肩を叩く。しかし、ロニーはその手首を掴み、首を横に振ってみせる。

「ダリル。その説明では死因を勘違いした理由はともかく、黒猫と言った理由は説明がつかない。新聞には『猫殺し』が黒猫だけを狙うなんて記事が載っていたか?」

「参ったな。ちょっとした言い間違いでこうも責められるとは」

掴まれた腕を振り払い、再びドアに体重を預けるダリル。あくまで冗談として場を収めようとするその態度に苛立《いらだ》ち、それが彼の手管と知りつつもロニーが声を荒げかけた瞬間、マスターが割って入る。

「ひとつ、いいかしら。ダリルさんが、バーナードさんの紙袋から出てきた猫の死体を『猫殺し』が殺《あや》めた猫だと勘違いした理由について、仮説を立ててみたの」

「……伺いましょう、マスター」

「俺も構わないぜ。素人探偵さんの意見を聞かせてくれよ」

黙って成り行きを見守るバーナードを含めた三人の首肯《しゅこう》を待ってマスターが続ける。

「まず最初に、状況を整理しましょう。ロニーさんはダリルさんが『猫殺し』なんじゃないかと疑っていて、紙袋の中身を『首を掻き切られた黒猫』と表現したのは勘違いだというダリルさんの言い分は嘘だと思っている。ここまではいいですよね？」

「……ああ、その通りだ」

マスターの言葉に耳を傾けていたロニーがうなずく。

「けど、きっとそうじゃないんです。ダリルさんは本当に紙袋の中身を『首を掻き切られた黒猫』だと勘違いしていた。わたしはそう考えています」

「どういうことだ？」

「ほう？　お嬢ちゃんは俺の味方をしてくれるらしいぞ、相棒」

マスターの言葉の意図が読み取れずに眉根を寄せるロニーに対して、ダリルは勝ち誇ったような笑みを浮かべる。しかし、それも一瞬のことだった。

「いいえ、ダリルさん。わたしは貴方が『猫殺し』だと考えています」

「なんだと？」

今度はダリルが不審げな表情になり、一足先に冷静になったロニーが続きを促す。

「……説明を続けてくれ、マスター」

「一見、ダリルさんが本物の『猫殺し』であること、バーナードさんの持っていた紙袋の中身を『首を掻き切られた黒猫』と勘違いすることは両立しないように思えます。もしダリルさんが『猫殺し』なら、どんな猫を殺してどこに置いたかを知っていて、バーナードさんが持ち運んでいるとは思いもしないからです」

一呼吸置いて、マスターが続ける。

「では、なぜそんな勘違いをしたのか。その原因は、わたしのついた嘘にあります」

「嘘、とは？」

「ロニーさん、ダリルさんがわたしに『猫殺し』を知らないかと尋ねたことを覚えていますか？　あのとき、わたしは知らないと答えました」

「それが嘘だったと？」

「はい。わたしは『猫殺し』によるものと思われる猫の死体を見ています。今朝、開店準備をしているときのことです。お店の入り口に、首を掻き切られた黒猫の死体が置かれていました。血の流れ方から見て、あの場で殺された猫だと思います」

「なぜ、そんな嘘をついた」

感情を押し殺したダリルの声を、マスターはさらりと受け流す。

「ロニーさんがおっしゃっていた通り、ここはカフェですから」

確かに、物騒な話はやめろとダリルを諌《いさ》めた記憶がロニーにもあった。

「ダリルさんが『猫殺し』なら、当然わたしが猫の死体を見ていると考えていたはず。その上であの質問をしたのであれば趣味が悪いと言うしかありませんが、予想に反してわたしは知らないと答えた。わたしにとってこの嘘は、カフェではふさわしくない話題だからという意味でついた嘘でしかなかったのですが……」

　しかしダリル——『猫殺し』である彼——はそう受け止めなかった。

「結果、もうひとつの勘違いが生まれた。嘘をついてとぼけたわたしの態度を見て、ダリルさんはわたしが本当に猫の死体を見ていないのだと考えた。もし『猫殺し』の目的がわたしに猫の死体を見せて驚かせ、怖がらせることにあったのだとすれば。なぜそうならなかったのかという疑問と、邪魔をした誰かに対する怒りを抱いたはず」

　話の流れが読めてきた。ロニーが後を引き取る。

「その疑問と怒りがさらなる勘違いを引き起こした。つまりそういうことか」

「ええ。バーナードさんが忘れていった紙袋に猫の死体が入っているとロニーさんから聞いて、きっとダリルさんはこう考えたのでしょう。マスターの目に触れる前に猫の死体を片付けたのはバーナードだ、と。一見したところ状況に符合するこの説明に、強い疑問と怒りの感情から冷静さを欠いた貴方は飛びついてしまった。違うかしら、ダリルさん……いいえ、『猫殺し』さん？」

「……俺は『猫殺し』じゃない」

「相棒、不自然だとは思っていたんだ。お前があんな性急に答えを出すやつだったら、俺はこうも長くお前と組んでなかった」

「おい、やめろロニー」

殺意すらこもった目で見つめられ、それでもロニーは続ける。

「お前はマスターを除けば犯人しか知らない『首を掻き切られた黒猫』に言及し、バーナード氏に罪を着せようとした。状況証拠でしかないが、お前が『猫殺し』だとすれば全ての辻褄《つじつま》が合うことも確かなんだ。俺はこの事実をマクベインに報告せざるを得ないし、そうなったら物証が出てくるのも時間の問題だ。隠し通すことなどできないのは、お前が一番よく知っているだろう？」

長い沈黙が落ちる。ダリルの背後にはドアがあり、彼が終始そこから動こうとしなかったことに気付く。逃走路の確保。身動きの取れない緊張を解いたのは、ふっと息を吐いて降参するように両手を掲げたダリルだった。

「……そうだよ、相棒。俺が『猫殺し』だ」

「ダリル……」

自身が『猫殺し』であることを認めたダリルに逃走の意思はないようだった。問いかけたいことは沢山あったが、今はまだどれも上手く言葉にできそうもない。

「ダリル、お前を逮捕しなければならない」

「まったく、犯人自身に捜査を命じるなんてマクベインの間抜けもここに極まったな。いや、それを言うならむざむざ捕まった俺も同じか。適当な人間に濡れ衣を着せて完全犯罪を目論《もくろ》んだ挙げ句、ボロを出しちまうとは……皮肉なもんだな、相棒」

常と変わらぬ諧謔《かいぎゃく》に満ちた笑みを浮かべる相棒に、ロニーは手錠をかけた。

6

ダリル・オブライエンの逮捕から一か月が経った。

新たな事件が起こらなくなれば新聞で騒がれることも減り、大衆は次の話題へと興味を移す。警察は身内の不祥事をひた隠しにし、わたしとバーナードもあえて吹聴《ふいちょう》しなかったため、一月も経たずに『猫殺し』を話題にする者はいなくなった。

ロニーはあれから一度だけカフェ・アルトを訪れ、迷惑をかけたことを謝罪してくれた。すぐに立ち去ろうとする彼の後ろ姿に、もう二度とここを訪れないつもりではないかという予感がしたので、また来店することを確約させた。

「俺の考えなどお見通しか。マスターには敵わないな」

そう言って背中を向けるロニーの横顔に、一瞬だけ笑みを見ることができた。

「ああ、それから」

ドアに手をかけたロニーが、振り返って言う。

「マスターが気にしていたルシアという灰色猫だが、やつは知らないと言っていた」

もちろん、それがすぐにルシアの生存に結びつくわけではない。『猫殺し』の手にかからずとも、野良猫は様々な要因で容易に命を落とす。わたしにできることと言えば、いつかルシアが戻ってくることを期待して、通行の邪魔にならないよう道の端にミルクの皿を置いておくことくらいだった。

　彼女にミルクをやるときにいつも使っていた浅い皿にミルクを注いでいると、ふと店の外からか細い鳴き声が聞こえたような気がした。ルシアが戻ってきたのだろうかと思うと心臓が跳ねる。皿を持ったまま、驚かせたりしないよう、そっとドアを開けて様子を窺うと、隙間から小さな子猫が顔を出した。

　ルシアのそれを思わせる灰色の毛皮を持つ子猫は、ミルクの匂いを嗅ぎつけると甘えるように鳴き声を上げる。鳴き声はすぐに連鎖し、賑やかな合唱となった。

「ルシア？　そこにいる？」

　滅多に鳴き声を上げない彼女の姿を確かめる方法はひとつしかない。子猫を挟まないよう、ゆっくり扉を押し開けると、果たして彼女はそこにいた。気高く美しい灰色猫、少し痩せた彼女が子猫たちを見守っていた。彼女はわたしの顔を見ると、短く鳴いて挨拶してくれた。あるいはミルクの催促だったのかも知れないが。

「欲しいのはこれよね？　はい、どうぞ」

　ミルクの皿を置くと、五匹の子猫が一斉に群がる。どうやらルシアが姿を消していたのは、子猫を産むためだったらしい。ほっと胸をなで下ろすと共に、可愛らしい子猫たちの姿を彼女と一緒にしばし眺めることにする。

五匹の子猫の内、ルシアに似た灰色の猫は一匹で、残りの四匹は三毛に茶虎など様々だった。おそらく血統書付きにもかかわらず脱走して野良猫となったルシアの血は、これから世代を重ねることで薄くなっていくはずだ。

美しい灰色の毛皮と翠緑の瞳が失われることに寂しさを覚えないでもないが、血統や美しい見かけに価値を見出すのは人間の価値観に過ぎない。おそらく自ら望んで野良猫となったルシアは、純血の維持などという事柄は歯牙《しが》にもかけないことだろう。

「おかえり、ルシア」

我が子を見つめる孤高の灰色猫は、どことなく満足げな表情に見えた。

開拓者のアメリカーノ

Pioneers Americano

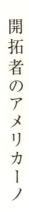

1

ロンドン、嗚呼《ああ》、懐かしきロンドン。実に三年ぶりの帰国、十年ぶりのロンドンの空気に浮かされた吾輩《わがはい》は、気付けば若き日の思い出が詰まったロンドン大学まで足を運んでいた。勝手知ったるなんとやら、学友たちと口角泡《こうかくあわ》を飛ばして議論を重ねた記憶も懐かしい研究室の前まで迷わず辿り着く。相も変わらずきいっと音を立てて開く扉、その音を聞いて振り向く教授の昔と何一つ変わらぬ姿に、吾輩は一気に十年前へと戻ってしまったような心地となる。

「いやはや、お久しぶりですなぁ、教授！」

「……はて、どちらさまだったかな？」

「はっはっは」

上品な笑顔を浮かべて軽いジョークを飛ばす教授に、吾輩は吹き出してしまう。

「吾輩のことをお忘れで？　冗談とは言え酷いですなぁ、教授」

「ふむ。そうか、君はわしの教え子の」

「ジョージ・ヴィッカース・ジュニア。思い出していただけましたかな？」

吾輩のウィンクに、教授は微笑みで応えてくれる。

「お、おお、そうか、ジョージ君か。うんうん、覚えとるよ」

教授もそろそろ御年《おんとし》八十を数えるはずだ。ようやく思い出してくれるその様子に、吾輩は胸を痛めざるを得ない。そのまま十分ほど会話を交わし、何となく噛み合わないまま退出したところで、吾輩は思わぬ人物と出くわした。いかにも大学の人間らしい、どことなくぼやっとした冴えない背広姿と肉付きの良いシルエットが学生時代の記憶をくすぐる。

「おや、お客様でしたかな?」

深いバリトンは、忘れようもない。

吾輩は嬉しさのあまり、つい野暮ったい背広の肩を叩いてしまう。

「きみ、ベンだろう? ベン・ブルックトン。いやあ、懐かしいな! 吾輩だよ!」

「ああ、ええと、君は……」

「ジョージだよ! ジョージ・ヴィッカース・ジュニア! 憶えてるだろ?」

「あ、ああ! そうか、ジョージか。思い出したよ。何年ぶりだ?」

「もう十年になるか。今は何をしてるんだ?」

「しがない助教授さ。君は?」

「アメリカへ、ちょっとね。いや、母なる大英帝国への帰国は三年ぶりで、つい懐かしくなって立ち寄ったんだが……こんなところで君に再会できるとは、今日は実にいい日だ！　今、少し時間はあるか？　いや、そう長く話すつもりはないが、久闊《きゅうかつ》を叙《じょ》してお互いに近況を話すのも悪くはないだろう？」

「うん、そうだな。少しなら構わないよ」

「大変結構！　うん、それでだね。吾輩が大学を後にしてからのことなんだが、まずは吾輩の故郷、バローに帰ったんだ。バロー＝イン＝ファーネス。君も知っての通り、潮と鉄が濃く香る我が愛しき造船の街、バロー＝イン＝ファーネス！　しばらくはそこで働いていたんだが、うん、吾輩もやはりイギリス紳士の端くれとしてね、外国で一旗揚げようと、そう思い立ったわけだよ」

「それで、アメリカへ？」

「その通り！　いや、アメリカはやはり刺激的だったよ。荒削りだが野趣溢れる気風が色濃く残り、自らの足で立って歩く覚悟のある者だけを厳しくも温かく迎えてくれる。残念ながらインディアンを相手に大立ち回りを繰り広げるような場面こそなかったものの、自然の猛威を相手に命の危険を感じひやりとする場面も何度かはあったかな。いやなに、全然大したことではなかったんだがね」

「ほう。と、言うと？」

「うむ、よくぞ聞いてくれた。いや、本来ならば自慢話にもならないような話なんだがね、他でもない君との間柄だ。恥を忍んで、吾輩がいかにして機転を巡《めぐ》らし、勇気を奮《ふる》って危地を逃れ得たのかをお話しよう。ここロンドンで教鞭《きょうべん》をとる君には必要のない話かも知れんが、人は生命の危険に晒されたときこそ真実の姿を垣間《かいま》見せるものだと我輩は確信したね。それは世界の真実を解き明かさんと日々研究に励《はげ》む君にとっても有益な話になるだろう。ふむ、それでは本題に入ろう。あれは吾輩がネバダの山中で一夜を過ごしたときのことだ――」

＊

どれほど話しただろうか。

ふと気付けば、窓から差す光は夕刻を告げていた。話題は尽きず、立ち話をしている内にかなりの時間が経過していたようだ。懐中時計を取り出し、そろそろ次の講義へ向かわねばとすまなそうな表情を浮かべるベンに、吾輩は快く別れを告げる。いやはや、持つべきものは良き友であるとの思いを深め、名残を惜しみつつも背中を向ける吾輩の耳に、彼の大きなため息が届く。

きっと彼も吾輩と会えて嬉しかったに違いない。会話を交わす間、終始にこにこと笑っていたその表情と、別れ際に漏らしたため息の寂しげでありながら満足感も滲ませたニュアンスを、吾輩はしかと捉えた。だがお互いに大人の男なのだ。吾輩はあえて口元に笑みを浮かべ、決して振り返ることなくそのまま大学を後にしたのだ。

門をくぐり、夕刻のイズリントンへと歩を進める。この街はあの頃と変わらない。学業に勤《いそ》しみ、そしてそれ以上に青春の日々を謳歌《おうか》する学生たちの姿が三十も半ばを超えた今となっては酷く眩《まぶ》しく映る。立ちっぱなしで少々喋り過ぎたのか、喉の渇きと足の痛みを感じた吾輩は、コーヒーでも飲みながら学生時代を思い返すのもいいだろうとカフェへ入ることを決める。

さてどこがいいだろうと周りを見渡し、ふと目に付いたのはゆらゆらと揺れるブロンズの吊看板だった。先の折れた三角帽の意匠と、装飾文字で刻まれた『カフェ・アルト』の店名。学生たちの好むお洒落さと紳士淑女も心安らぐ落ち着きを併せ持った店の佇まいを、吾輩は一目で気に入ってしまう。そのまま、何かに吸い寄せられるようにしてドアノブに手をかける。

「いらっしゃいませ」

重厚な扉を開けて足を踏み入れた吾輩を迎えてくれたのは、からんからんと鳴るドアベル、そして鈴を転がしたような声音の魅力的な女性だった。ダークブラウンでまとめたチェックのスカートとカーディガン、胸元から覗くシャツの白さと赤いネクタイのコントラスト。肩まで届く淡いブラウンの髪と焦げ茶の瞳は、派手になり過ぎず落ち着いた雰囲気を彼女に与えていた。

吾輩は確信する。

「お一人ですか？　どうぞ、カウンターへ」

彼女の淹れてくれるコーヒーは、極上の一品に違いないと。

2

焦げ茶色の瞳が知的な彼女は、軽く首を傾げて吾輩をカウンターへと促す。その愛らしい仕草へ鷹揚にうなずきを返した吾輩は、歩を進めつつも無作法にならないようゆったりと首を巡らして店内を見渡した。

決して多くはないテーブル席と、店の主役然として構える正面のカウンター。そこに用いられている一枚板は、紅《べに》を帯びた淡褐色《たんかっしょく》と輝かんばかりの光沢からすると、おそらくマホガニーだろう。いい趣味をしている。客はカウンターにスーツの男性が一人と、テーブルに学生らしき女性が二人いるだけだった。

吾輩はスツールに腰掛け、ふわりと微笑を浮かべて注文を待つ彼女を前にする。店に漂うシックな雰囲気は彼女に似つかわしく、初めて訪れた店だというのにどこか懐かしくも思われた。店内には彼女以外に店員らしき者の姿は見えないから、きっと彼女がマスターとして一人で切り盛りしているのだろう。だとしたら、あまり複雑な注文をして困らせるのも紳士ではない。ここはシンプルに行こうと決め、吾輩はウィンクと共にオーダーを口にする。

「ふむ。では、アメリカーノを頼めるかね」

それを聞いた彼女は、悪戯《いたずら》っぽい笑顔を浮かべて不思議なフレーズを口にする。

「そう、カフェで飲むなら、アメリカーノだ。ぴりっとくるカンパリと、チンザノ・ベルモット。レモンの大きな輪切りを、ソーダで割って——ええ、もちろんフランス産の本物のペリエもあります。任せて下さい」

「それは……詩か小説の一節かね？」

「さあ……それが分からないの。お師匠さまが時々口にしていたんですけれど、引用元は教えてもらえなくて。だから、アメリカーノを注文されたお客さまには尋ねてみることにしているの。どうでしょう、心当たりはないかしら？」

「残念ながら、ないな。それより……」

ふむ、しかし彼女は聞き違いをしているらしい。

吾輩は紳士らしく、丁寧に、だがきっぱりと訂正を入れる。

「お嬢さん。吾輩が頼んだのはアメリカーノだよ。間違えてもらっては困る」

「ええ、アメリカーノで合ってますよ？　カフェで飲むカクテルと言ったら、定番の一品ですよね？」

「待ってくれたまえ。吾輩が言っているのはアメリカーノ、つまりアメリカンスタイルを踏襲してパーコレータで淹れる、カフェインをどぎつく利かせた大人の男のコーヒーだよ。断じてカクテルではない」

その言葉を聞いたマスターの表情が、すっと消える。

「……ああ、大変失礼いたしました。ではアメリカンではなくアメリカーノでのご提供となりますが？」

「うむ、それで頼むよ」

なるほど、マスターの言葉を聞いて勘違いの理由もわかった。アメリカンとアメリカーノ。よく似た名前だから、きっと彼女は間違えて覚えていたのだろう。それくらい、人間なら誰でもあることだ。もちろん、吾輩はそのことを恥じたのだろうマスターが多少不愛想な態度を取ったとしても、その程度のことで声を荒げたりはしない。なんとなれば、それが英国紳士の振る舞いというものだからだ。吾輩はにっこりと笑って、静かにコーヒーを待つことにする。

「わたし、アルマと申しますの。お客さまはアメリカから？」

ケトルを火にかけたマスターが吾輩に問いを投げかける。

「分かるかね？」

「ええ、それはもう。けど、それにしては訛《なま》りが無いようだけれど？」

「うむ、バローはご存知かな？　我が大英帝国海軍はもちろん、ヨーロッパ諸国やアメリカ、果てははるばる極東からも船を買い求めにくる世界最高の造船所。それがバロー、吾輩の故郷なのだよ。名はジョージ・ヴィッカース・ジュニア。しがない田舎貴族の末裔《まつえい》にして、アメリカンドリームに魅せられた男さ」

肩をすくめる吾輩に、マスターは納得したような表情を浮かべる。

「ああ、それで……」

「そう、言ってみれば吾輩はドックを揺りかごに、鋲打《びょうう》ちを子守唄にして育ったようなものでね。そんな吾輩が『彼女たち』の出港していく様子を見て心躍《おど》らせ、自らもまた大海原を渡って一旗揚げようと心に決めたのはごく自然な成り行きだったと言えるだろう。母国イギリスへ帰るのは、実に三年ぶりになる」

「では、コーヒーには思い入れが？」

「そう、乾いた風の吹きすさぶ荒野でたった一人過ごす夜、吾輩の心を力強く温めてくれたのがコーヒーだった」

「そうでしたか。では、わたしも腕を振るって淹れさせてもらいますね」

「うむ、ありがとう」

吾輩はしばしマスターの手並みに見惚れる。各種の道具は魔法のようにカウンターへ並んでいき、それらを操る彼女の手さばきや足運びには一切の無駄がない。カップとカウンターが触れ合う音、そして軽やかな足音がリズムを刻み、聴く者を非日常的の時間へと誘う。吾輩はそっと目を閉じると、懐かしきアメリカに思いを馳せる。

思い出すのはやはり荒野で過ごした夜のことだ。火を熾《おこ》し、軽く表面を焼いたベーコンととろっとろのチーズをパンに載せて腹ごしらえを済ませた吾輩は、バックパックにくくり付けたパーコレータを火にかけ、お湯が沸くまでの間に携帯用の小さなミルで豆を挽く。豆は保存に適した浅煎りのものを、豪快にがりがりと荒く挽くのがいい。バスケットに豆を流し込んで本体にセットし、しばらくすると支柱を通してお湯が噴き出し始める。蓋の部分にあるガラスの覗き窓を見て、好みの抽出具合になるまで待って火から下ろす。豆の入ったバスケットを取り出してマグカップに注げば完成だ。無骨なマグカップに注いだコーヒーは身も心も温めてくれる。

上質なコーヒー豆のフレグランスが鼻をくすぐり、吾輩は現実に引き戻される。パーコレータで淹れたコーヒーの野趣溢れる焦げた匂いとはまた別の魅力を持つ、ロンドンのカフェのそれ。アメリカの孤独な夜と共に刻まれた匂いの記憶と、鼻腔を刺激する上品なアロマの違いを楽しみつつ、吾輩は目蓋を開ける。

「どうぞ」

ことりとカウンターに置かれたカップの取っ手をつまみ、吾輩はマスターに笑顔を向ける。アメリカーノはブラックのままぐっと一気に飲むのが醍醐味《だいごみ》だ。火傷《やけど》しそうに熱い液体が喉を流れ落ち、口中には確かな苦みが余韻《よいん》として残る。甘ったるかったり濃すぎたりすることのないその味は、確かにアメリカで飲んだものとは異なるものの吾輩の求めるそれだった。

「うむ。惚れ惚れするような手並みだったよ」

「それはどうも」

「この店は、ずっと一人で？」

「ええ」

「女一人で大変なのでは？」

反射的に口にしてしまい、吾輩はデリカシーがなかったことに後悔する。

「いや、これは立ち入ったことを尋ねてしまったようだ。アメリカ帰りの無骨者《ぶこつもの》の戯言《ざれごと》と思って忘れて欲しい」

「いえ。皆さん、親切にして下さいますから」

マスターは可憐《かれん》な笑みを浮かべる。

「それに、身一つで異国に渡って一から商売を立ち上げることに比べれば、女一人が生きていけるだけの稼ぎを上げるくらい大したことありませんもの。ヴィッカースさんは、アメリカではやはりゴールドを？」

「いや、宝石だよ。エメラルド、サファイア、そしてダイヤモンド。きみも女性だ、宝石には興味があるだろう？」

「ええ、人並み程度には」

マスターは控え目な笑顔を浮かべるが、宝石が嫌いな女性はいない。その魅力をどのように伝えるべきかと吾輩の灰色の脳細胞が稼働を始めるが、口を開こうとしたその瞬間、横合いからかけられた声で吾輩は出鼻をくじかれることとなる。

「おや……貴方も宝石を扱っていらっしゃるので？」

　高くもなく低くもない声音、地味だが仕立てのいいスーツに身を包んだ特徴のない容貌。二つ離れたカウンター席でコーヒーを飲んでいた男性は、吾輩とマスターの方に身体を向けると軽く会釈をする。

「わたくし、宝石商のルドルフと申します。こちらの方がアメリカで宝石採掘をなさっていらしたと聞いて、居ても立ってもいられずにお声がけした不調法をお許しください。そして、もしお邪魔でなければわたくしにもお話を聴かせていただけませんか？　アメリカの宝石業界における最新情報、とても興味がございますので」

　赤ん坊のようにつるりと白い顔に人の良さそうな笑顔を浮かべ、ルドルフと名乗る男は名刺を差し出すのだった。

3

それから三十分。

吾輩とルドルフはすっかり意気投合していた。

「――と、いうわけなのだよ、ルドルフ君」

「いやはや、貴方のお話はとても興味深い。やはり現地で身体を張って得た生の情報に勝るものはありませんね」

「はっはっは、それは買い被《かぶ》りというものだよルドルフ君。何しろ、つい三年前まではズブの素人だった男の話だ。くれぐれも割り引いて聞いてくれたまえよ？」

「とんでもない。会話の端々に表れる知性と、下手な先入観に惑《まど》わされたりすることのない貴方の目と耳で得た情報だからこそ、価値があるのです」

「そう言ってもらえれば幸いだな。うむ、吾輩の話もひと段落したところで、今度はルドルフ君の話を聴こうか？」

「うーん、わたくしの扱う商品は、一口に宝石と言っても少々特殊な代物でして……貴方がアメリカにいらしたのなら、ご存じないかも知れませんね」

ルドルフは自嘲するような、それでいて思わせぶりな笑みを浮かべる。

「もったいぶらないでもらいたいな、ルドルフ君。吾輩とて大学で地学を齧《かじ》った身。希少な金属や鉱物についても人並み以上の知識を持ち合わせている自負があるのだから、そう侮《あなど》ってもらっては困るな」

「おっと、申し訳ありません。決して貴方を侮辱《ぶじょく》しようというつもりはなかったのですよ。誓って本当であると申し上げておきましょう」

申し訳なさそうな顔をするルドルフ。吾輩は彼の肩を軽く叩き、気にしてはいないことを示す。英国紳士たるもの、当然のことだ。

「構わんよ。さ、その宝石の名前を言いたまえ」

では、と咳払《せきばら》いしたルドルフがそれを口にする。

「クリスタリス」

「クリスタル？」

とっさに聞き返した吾輩に、ルドルフは薄く笑うと首を横に振る。

「クリスタリス、です。やはりご存じない？」

残念そうな、そしてわずかに軽蔑の混じった視線。

吾輩はとっさに否定の言葉を口にしていた。

「い、いや、そんなことはないぞルドルフ君。クリスタリス、だろう？　ただの聞き違えだよ、よく似た名前だからな。ああ、クリスタリスのことならよく知っているとも。うむ、もちろんじゃないか」

「ほほう」

ルドルフが笑みを深くする。

「実は、ここに一カラットほどの原石がございます。わたくしの部下に南米で仕入れさせたものなのですがね」

ルドルフは小さな箱から原石をつまみ上げると、懐《ふところ》から出したルーペを前後させて観察を始める。宝石を見つめるその表情は、酷く悩ましげだ。吾輩は少しの間その様子を眺めていたが、ルドルフは顔をしかめたまま宝石から目を離そうとしない。その沈黙に耐えきれず、吾輩は疑問を口にしてしまう。

「そのクリスタリスの原石に問題でも？」

待っていました、と言わんばかりにうなずいたルドルフが、クリスタリスの原石とルーペをこちらへ差し出す。

「よければ、ご覧いただいても？　その方が手っ取り早い」

「も、もちろんだとも、きみ」

クリスタリスを知っていると言った手前、吾輩はルドルフの差し出した原石とルーペを受け取らないわけにはいかなくなる。光の反射を防ぐため黒く塗られた真新しい繰り出しルーペを構え、吾輩はレンズをのぞきこむ。透明感のある紫は、原石のままでも美しいと見る者に感じさせる。磨いたらどれほど綺麗になるのだろうか。

「どうでしょう？　貴方の見立てを聞かせていただけますか？　いや、わたくしも入手したはいいものの、本物かどうか確信が持てませんでね。ここでこうして貴方のような目利きの専門家に出会えたのは僥倖《ぎょうこう》でした」

ルドルフはにこにこと人の良さそうな笑みを浮かべている。

ますます期待を裏切ることはできなくなる。

「う、うむ、そう、そうだな。なかなか、いい品なのではないかな？　このくらいならば、うん、ちょっと相場をど忘れしてしまった上に、アメリカ暮らしが長くてドル表記に慣れてしまってね？　ポンドだとどのくらいになるかな、はは……」

「仕事柄、ドル表記にも慣れております。ぜひお見立てを」

「そ、そうかね？　そこまで言われては仕方がないな。うむ、そう、このくらいの品ならば、おそらくはじゅう……いや、いち……」

「一万ドル？」

「そ、そう！　うん、一万ドルだな！　詳しいことはもっと精密に調べてみなければわからんし、カットの出来栄《ば》えにも左右されるだろうが、原石の値段としてはきみの思うその値段が妥当《だとう》であろう！」

「なるほど、大変参考になりました」

「うむ、まあ、所詮は素人の見立てだよ。正確な鑑定額は後ほど専門の鑑定士に依頼して確かめてくれたまえよ、ははは」

「いえいえ、ご謙遜《けんそん》を」

危機は、過ぎ去った。ルドルフと和やかな会話を交わしながら、吾輩は内心で冷や汗を拭っていた。しかし吾輩の誘いはどうだ。ルドルフはまんまと乗って、彼自身の考える金額を口にしたではないか。この機転、これこそが生き馬の目を抜くアメリカで生き抜く秘訣なのである。

「それで、ですね……」

からんからん。軽やかなドアベルの響きに、ルドルフはびくりとした様子で視線を向ける。吾輩も釣られてそちらを見ると、そこには精悍《せいかん》な面構えの配達人が立っていた。彼はカウンターまで歩いてくると、麗《うるわ》しきマスターに荷物を渡して少年のような笑顔を向ける。

「やあ、アルマさん」

「トム君。ちょうどよかった、お使いをお願いしたいの」

「いいよ。どこまでだい？」

「ホワイトホール・プレイスのロニー・ヴァランスさんのところまで」

「……急ぎだね？」

「ええ、よろしく」

トムと呼ばれた配達人は軽くうなずくと、受け取ったメモを手に颯爽《さっそう》と街へ飛び出していく。なんとなくその姿を見送り、それからルドルフと顔を見合わせる。

「ええと、話の途中でしたね。そう、実は、貴方にご相談したいことがあるのです」

「相談？」

「ええ。貴方を男と見こんで、単刀直入に申し上げましょう。このクリスタリスを、千ドルで買い取って欲しいのです」

「ほう。それはまた、どうして？」

ついさっき、このクリスタリスの原石には一万ドルの価値があるとの話をしたばかりだ。流石に警戒心が先に立つ。ルドルフは、そんな吾輩の表情を見ると苦笑いを浮かべて頭を掻くのだった。

「いや、お恥ずかしい話なのですが……マスターさんも、聞いていただけますか？」

「はい、なんでしょう？」

「ええ、その、なんと申しますか。実はわたくし、これからクリスタリスを仕入れに南米へ飛ぶところでして、長旅を前にして最後にカフェでコーヒーをと考えてこちらに寄らせていただいたのですが……どこかで、財布をすられてしまったようでして。しかも運の悪いことに、そのことに気付いたのはもう頼んだコーヒーを飲んでしまってからでした」

「ふむ、なるほど。合点《がてん》がいったぞ。つまり、きみはこの場の支払いと南米までの船賃を支払うための、当座の資金が欲しいというわけだな」

「その通りです。しかしわたくしが持っている金目のものはこの原石だけです。もちろん磨けば美しい宝石になるとは言え、このままではマスターさんにとってはただの『綺麗な石』でしかありません」

「いや、皆まで言わずともいいよ。確かに素人にとってはただの石に過ぎない――」

次の一言が効果的になるよう、たっぷりと間を置いて。

「――しかし、吾輩のような専門家、クリスタリスの価値を知る者となれば話が違う。きみが言いたいのはそういうことだろう？」

吾輩のウィンクに、ルドルフは我が意を得たりと言わんばかりに膝を打つ。

「まったくもっておっしゃる通り。貴方ならばきっと腕のいい鑑定士や加工士のツテもございましょう。わたくしから千ドルで仕入れ、千ドルでカットし、七千ドルで卸《おろ》して一万ドルでの販売とすれば、差し引き五千ドルが貴方の手元に残る計算になります。迷惑料と手間賃と考えてもいささか物足りない金額かとは存じますが、どうかわたくしを助けると思って、ここはお願いできないでしょうか」

ルドルフは席を立つと、深々と頭《こうべ》を垂れる。吾輩はそんなルドルフの肩に手を置き、頭を上げるよう促してから鷹揚《おうよう》にほほ笑んだ。

「顔を上げてくれたまえ、ルドルフ君。きみの申し出はもちろん受けるが、それは金額の多寡《たか》やきみへの同情心からのものではない。吾輩は、きみという知友を得られたことがただ嬉しいのだよ。だからこれは、これからもビジネスパートナーとしてやっていくための最初の一歩として捉えてもらえたい」

そんな吾輩の言葉に、ルドルフはただ恐縮するばかりだ。

「いや、貴方ほどの人物にそんな風に言っていただけるとは赤面の限りです。ええ、こちらこそよろしくお願いします」

「うむ、ところできみはこれから南米へ行くのだと言っていたね。ひょっとしたら、急ぐのではないかな？　もし船に乗り遅れたとあっては吾輩としてもここで助けた甲斐《かい》がない。吾輩のことはいいから、君自身のことを第一に考えたまえよ」

吾輩はそう言って財布を取り出す。確かぎりぎり千ドルは入っていたはずだ。

「本当に、ありがとうございます。このご恩は必ず！」

「いやいや、構わんよ。よい旅を！」

百ドル札を十枚数え、角を揃えてルドルフに差し出す。ばたん、と荒々しく扉が開かれ、足音も高く男たちが店に踏み込んできたのはそのときだった。

「いや、君の行く先は南米ではなく刑務所だよ、ミッキー・マグスマン君」

最後に踏みこんできた、厳《いか》めしい顔つきの男性が煙草に火を点《つ》けながら言う。

「スコットランドヤードのロニー・ヴァランスだ。初めまして、よろしく頼むよ」

やつを捕らえろ。ロニーと名乗ったその男がつぶやくと、席を蹴ろうとしたルドルフは三人の警官によってあっという間に床に組み伏せられてしまう。彼はもう逃げ出せないと悟ると、歯をむき出しにして口汚く罵《のの》り始める。

「もうちょいだったってのに、ちくしょう！　どっから嗅ぎつけてきやがったブタ野郎ども！　生意気にブタ風情《ふぜい》がお上品にカフェになんぞ来やがって、放せこの野郎！　ひばりと一緒にどぶにでも顔突っこんで浚《さら》ってやがれ！」

つい先ほどまで和やかに吾輩と会話していた相手とは思えないほどの剣幕だ。

事態の急転についていけず、吾輩は助けを求めてマスターの顔を見る。

麗しきマスターは、ただ黙って微笑んでいるばかりだった。

4

抵抗空《むな》しく、宝石商ルドルフ——刑事らしき男にはミッキー・マグスマンと呼ばれていた——は警官たちに引き立てられていく。

「ご協力感謝いたします、マスター。このお礼は必ず」

「いいえ。またのご来店、お待ちしております」

「次はただの客として訪れたいものですな」

「そのセリフ、何度目かしらね？」

「うっ……申し訳ありません。今度こそ、必ず」

おそらく刑事なのだろう、ロニー・ヴァランスと名乗った中年男は敬礼のために上げかけた腕を途中で下ろし、少し迷ってから深々とお辞儀をして警官たちの後を追っていった。それと入れ替わるように入り口に顔を出したのは、先ほどの配達人だ。

「やあ、間に合ったかな？　急いだ甲斐もあったよ」

「トム君もありがとう。なにか飲んでいく？」

「アルマさんのためなら、これくらいお安い御用さ。そうだな、走って少し汗をかいたし……カフェラテをアイスで飲みたいな」

「カフェラテ、好きだよね？」

「そりゃあ……」

配達人は何か言いかけて、結局は口をつぐんでしまう。

マスターはそれを知ってか知らずか、くすりと微笑むとエスプレッソを淹れる準備を始めた。火にかけられた縦長のポットはモカ・ポットと呼ばれる道具だっただろうか。大切に使われていることが一目で分かる年季の入った風格を醸《かも》し出していて、この店の落ち着いた雰囲気にいかにも似つかわしい。

若き配達人はと見れば、マスターが立ち働く姿やポットがぽこぽこと音を立てる様子を眩《まぶ》しそうに見つめている。きっと彼はマスターに恋をしているのだろうと思うと、大人として微笑ましい気分になる。吾輩も彼くらいの年齢のときには、凛々《りり》しくも可憐な年上の女性に憧れたものだ。

「どうぞ？」

氷の入ったタンブラーに、たっぷりの冷たいミルクと淹れたての濃いエスプレッソが注がれて差し出される。白と茶、綺麗な層となったカフェラテは崩してしまうのが惜しいほどだ。配達人はマスターからそれを受け取ると、マドラーで軽く混ぜてから美味そうにぐいっと傾ける。マナーとしてはともかく、隣で見ている方が同じものを頼みたくなってしまうような、そんな飲みっぷりだ。

「旨かったよ、ありがとう。じゃ、仕事があるから！」

「ええ、いってらっしゃい」

配達人はことりと音を立ててグラスをカウンターに置くと、先ほどと同じように軽く手を振って店を去っていく。今どき珍しい、見ていて気持ちのいい若者だった。

「ヴィッカースさん？」

閉じたドアを見送っていた吾輩は、突然後ろから名前を呼ばれてびくりとしてしまう。声の主は、マスターだった。カウンターの上で肘をついて顔を乗せているので、距離が近くてどぎまぎしてしまう。

「流石《さすが》の話術、でしたね？」

「え？」

「ルドルフさんが詐欺師だと見抜いて、スコットランドヤードの方々がいらっしゃるまで引き留めて下さっていたでしょう。ご謙遜《けんそん》なさらなくとも、わかりますよ？」

マスターはそう言うと、わずかに首を傾げて微笑む。

「お、おお？　ああ、はは、も、もちろんだとも。わはは！」

どうやらマスターは吾輩の振る舞いが全てを見抜いた上でのものだったと勘違いしているらしい。だが、その誤解はわざわざ解くほどのものではない。吾輩は、笑ってごまかすことにした。マスターはそれに応えるようににこりと笑うと、カウンターの隅に転がっていたクリスタリスをつまみ上げて光にかざす。

「クリスタリス……ただの紫水晶、ですね。ヴィッカースさんの鑑定眼を騙《だま》すには力量不足、だったのかも」

「そ、そうだろうそうだろう！」

紫水晶、つまりはアメジスト。貴石は貴石に違いないが、原石でそこまで高値がつくようなものではない。もし言われるがままに金を出していたら、大損をするところだったということだけは確かだ。いやはや、危ないところだった。アメリカではあまり目にしなかったものだから、ぱっとと見ただけでは見分けが付かなかった。

しかし、そんな様子をマスターに見せて失望させるわけにはいかない。吾輩は胸を張って重々しくうなずき、余裕たっぷりにコーヒーに口をつけようとしたところで、カップが空《から》になっていることに気付く。

「そうだ。ヴィッカースさんにも、お礼としてなにか作らせていただきますね？」

「ああ、いや、それには及ばんよ。だが、折角の申し出を断るのも失礼かな？」

「遠慮なさらずに。アルコールを入れても？」

「構わんよ。カクテルかな？　ふう、それにしても暑いな。ちょっと汗をかいてしまったようだ。さっぱりしたのを頼むよ」

「ええ、お任せ下さい」

マスターは棚や冷蔵庫から取り出した瓶をカウンターに並べると、それらを手際よく注いで掻き混ぜていく。最後にレモンの輪切りがグラスの縁に飾られると、初夏の季節にふさわしい鮮やかな紅茶色のカクテルができあがる。

「さ、どうぞ」

「おお、これは涼しげでいい」

早速いただくことにする。一見アイスティーかと見紛《みまご》うような色をしているが、顔を近づけるとレモンに交じってハーブの香りがする。この特有の匂いはイタリア産のリキュール、カンパリだろう。口に入れるとほろ苦い甘みが広がり、よく冷えたソーダがすっきりとした後味を残す。背の高いタンブラーの飲み口は薄く繊細で、口当たりのよさを引き立ててくれるようだった。

「さて、一息ついたところで、ヴィッカースさん？」

「なんだね？」

「ヴィッカースさんがどうやってルドルフさんを詐欺師だと見抜いたのか、わたしなりに考えてみたの。よかったら、聞いていただけないかしら？」

「うっ……うむ、構わんよ」

終わったと思っていた話題を蒸し返され、思わず咳きこみそうになる。

そんな吾輩の複雑な心境を知ってか知らずか、マスターは無邪気な笑みを浮かべて楽しそうに喋り始める。

「まず違和感を抱いたのは、日焼け」

「日焼け？」

「そう。ほら、ヴィッカースさんはよく日焼けしていらっしゃるでしょう？」

「うむ、アメリカの日差しはきついからな」

吾輩は赤銅色をした自らの腕に目をやる。鏡で見れば、鼻の頭には日焼けで剥《む》けた痕《あと》もあるはずだ。アメリカ内陸部のの日差しと乾燥はとにかく厳しい。

「けど、あの方は真っ白だった。まるで夜の社交界を仕事場にする上流階級や、その人たちを相手に商売をする人みたい。お仕事で何度も南米とイギリスを行き来している人の肌としては、ちょっと不自然に思えたの」

「うむ、なるほど」

「次に違和感があったのは、ルーペの扱い方」

「ふむ？」

「詐欺師さんがルーペを使う姿を見て、なんか変だなって思ったの。でも、どこがおかしいのかが分からなくて……しばらく考えて、それから気付いたの。ああ、知り合いの職人さんの使い方と違うんだ、って。ねえ、ヴィッカースさん。ああいうルーペって、顔の前で固定して使うものなんでしょう？」

「うむ、その通りだな！」

そうなのか。知らなかった。

「けど、あの人は顔の前でルーペを前後させていた。それから、あの繰り出しルーペ。仕事でずっと使ってるものなら、こんな風になってるはずなのよね」

マスターは引き出しの奥からルーペを取り出して手のひらに乗せる。

「これは新しいものを買うからって知り合いの職人さんから譲られたものなんだけど、こういうルーペって、使いこむうちに塗装が剥げてくるものなんですってね」

彼女からルーペを受け取ってみると、確かに黒い塗装の下から金色の地が覗いているのが分かる。剥げているのは、主として可動部や縁の部分、手の指がよく当たるであろう部分だった。そのルーペの元の持ち主の大きな手がなんとなく想像できるような、年季の入った逸品《いっぴん》だ。

「もちろん新調したって可能性も考えられなくはないけれど……あのルーペ、よく見たら上面に『×8』って刻んであった。けど、宝石鑑定に使うなら最低でも二十倍は欲しいところ、ですよね？」

「う、うむ。マスターは色々なことに詳しいのだな」

吾輩はと言えば、そんな部分まで見ていなかった。どう取り繕《つくろ》うかで頭が一杯で、そこまで気が回らなかったと言ってもいい。しかし、マスターの言うことはいちいちもっともだ。もし吾輩が平常心を保っていたならば、きっと同じことに気付いていただろう。そう、あのルドルフが吾輩を惑《まど》わすような詐術を使ったから吾輩は気付かなかった、否《いな》、気付かないようにされていたに違いない。

「ひとつひとつは小さなこと」

マスターは一呼吸置いて、そっと結論を口にする。

「けど、これだけ重なれば偶然とも思えない。もちろん、ヴィッカースさんも同じことに気付いていらっしゃった。だからこそ、わたしがトム君にロニーさんを呼びに行ってもらったことを察して、あえて馬鹿のフリをして、詐欺師さんをお店に引き留めてくださっていた。きっとそうでしょう？」

「は、はは、いや、確かにその通りだが、マスターの推理力も大したものだ！　吾輩はそう思うね、うむ！　いや、シャーロック・ホームズも顔負けだ、素晴らしい！　さ、さて、吾輩もそろそろお暇《いとま》せねばならん。お代はここに置いておくよ。なに、釣りはいらん。名前は知らんが、あんなに美味しいカクテルもご馳走してもらったことだしな！　ああそうだ、後学のために、あのカクテルの名前を教えてもらえんかね？　またロンドンに来た際には、ぜひこちらに寄って飲ませてもらうよ」

そうして、吾輩はこのカフェ・アルトから尻尾を巻いて逃げ出す羽目になる。

マスターの、最後の言葉はこうだった。

「そう、カフェで飲むなら、アメリカーノだ。ぴりっとくるカンパリと、チンザノ・ベルモット。レモンの大きな輪切りを、ソーダで割って——このカクテルは、アメリカーノと申しますの」

グラタンは保険引受人を救う

Gratin Saves Underwriter's Life

1

　からんからん、と心地よく鳴り響くカウベルの音色。僕はこのひとときを全力で楽しむことに決め、午前中にあった嫌なことは頭の中から締め出すことにする。およそ二十分。人が混乱から立ち直って冷静な思考を取り戻すのに必要な時間であり、ランチを取るのにぴったりな時間でもある。

「やあ、マスター。いつものを頼むよ。食後のコーヒーもね」

　カウンターの一番端、ちょうど柱の陰になって入り口からは見えない席に腰掛ける。窓の側で日差しがきついが、僕がいつもこの席を選ぶことを知っているマスターはさりげなくロールスクリーンを下ろしてくれた。生地を通した柔らかな光が磨き抜かれた床板に降り注ぎ、心落ち着く空間を作り出す。

「ロイドさん、今日はお一人で？」

　マスターが置いてくれたグラスは濃いオレンジの液体を湛《たた》えている。

「うん、予定が変わってね。これはミモザかな？」

「ええ、いいシャンパンが入ったの」

　ミモザはシャンパンベースのカクテルで、シャンパーニュ・ア・ロランジュ――オレンジジュース入りシャンパン――とも呼ばれる。シャンパングラスに同量のシャンパンとオレンジジュースを注いでステアするだけのシンプルなカクテルで、鮮やかな黄色がミモザの花弁を思わせる。

　グラスを顔に近づけると、細かい気泡がぱちぱちとシャンパンに特有のアロマを弾けさせる。炭酸が抜けないように氷を入れていないので、手の熱で温まる前に口に含む。オレンジジュースのフレッシュな酸味は、食欲を掻き立てる食前酒としてこれほどふさわしいものはないと思わせてくれる。

「シャンパン、それは飲んだ女性を綺麗に見せる唯一のワイン、か。彼女にも飲んで欲しかったものだ」

　そんな僕のつぶやきに、マスターは何も聞かなかったかのように黙って微笑むと料理に取り掛かった。ほどなくして目の前に置かれたのはカナッペだった。薄切りのバゲットに載っているのは生ハム、そしてスモークサーモン。強めに塩を効かせてあり、もう少し食べたいと思ったところで皿が空になる。気付けばグラスも空になっていた。

「ロゼをご用意していましたけど……？」

「うん、やめよう。軽めの赤ワインで頼むよ」

　この日のためにマスターにお願いしていたのだが、無駄になってしまった。マスターが手際よく削り出す丸い氷に輝くような薄いピンクのロゼワインは、きっと彼女を魅了していただろう。それを思うと、残念でならない。いやいや、そのことはもう忘れよう。余計なことを考えていても折角の料理が不味くなるばかりだ。

「うん、いい感じ。わたしもお腹空いてきちゃった」

「ああ、いい匂いだ」

熱く焼けたチーズの匂い。厚みのあるグラタン皿はごとりと重く、カウンターの上で地獄のようにくつくつと煮えるチーズ、そして赤黒いマグマを思わせるミートソースがなんとも食欲をそそる、カフェ・アルト特製ミートソースグラタン。僕のお気に入りの一品で、ランチの際は必ず、それこそ夏でもこれを頼むことにしている。とにかく大好物なのだ。

「いただくよ」

大振りのスプーンを手に取り、たっぷりとチーズの載った中心部分に差し入れようとしたそのとき、長く尾を引く鐘の音が耳朶《じだ》を打つ。

「――ちっ」

遠く響く鐘の音に、僕は思わず舌打ちしてしまう。

「まったく、なんて日なんだ」

「お仕事、ですか?」

マスターは小首をかしげて問いかける。

「ああ、そうみたいだ。残念だし、申し訳ないけれど、行かなくちゃ」

そう口にはしてみるが、グラタンを食べ損《そこ》ねた嘆息は抑《おさ》えられない。

「はあ……仕方ない、また来るよ」

名残惜しいが、スプーンを置いて席を立つ。

「代金はここに置いておくよ。慌ただしくてすまないね」

「いえ……またのご来店、お待ちしてます」

「うん、では行ってくるよ」

勢いよくドアを開いて、道に飛び出る。

その瞬間。

大きな衝撃と共に、視界がぐるんと回転した。

頬に冷たさを感じ、石畳に触れたときの感触に似ているな、と気付く。まだ昼前なのに妙に暗い。急に空が曇ってきたのだろうか。今日は一日晴れのはずだが。それに、どうも寒い。もう夏だと言うのに酷い寒気だ。遠くで鐘が幾度も幾度も慌てたように打ち鳴らされている。ああ、うるさいな。何をそんなに騒いでいるのだ。僕は急いでいるというのに、これでは足が動かないじゃないか。

「――――、――――！」

暗くぼやけた視界に、悪魔のように真っ黒な人影が映る。

壁に直立するその影は、僕に駆け寄るとしゃがむようにして顔をのぞきこんできた。

「ロイドさん！　しっかり！」

肩を揺さぶる悪魔の声は、マスターのそれによく似ていた。

最後に感じたのは、強烈な睡魔、そして引きずられていくような感覚だった。

2

　この世で最も不愉快な文明の利器が、じりりりりと鳴って覚醒を促す。僕はサイドボードに手を伸ばし、叩いて止めてからベッドの中で伸びをした。何か悪夢を見たような気がするが、目覚ましの衝撃ですっかり忘れてしまった。それよりも今日は久しぶりの休日、彼女とのデートだ。顔を洗い髭《ひげ》を剃《そ》ってから、テーラードにチノを合わせ、ハットを頭に被《かぶ》って家を出る。

　待ち合わせ場所には、すでに彼女がいた。

「やあ、待たせたかな？」

「エディ！　遅いじゃない！」

　親しげに愛称で彼を呼ぶ彼女と会うのも二か月ぶりだ。

「仕事が忙しくてね。その埋め合わせに、今日は君に尽くすと誓うよ。さあ行こう」

「もう、調子いいんだから」

「悪かったって。ほら、美人が台無しだ。君は笑ってた方がかわいいよ」

「誰が怒らせてると思ってるのかしら、ほんと」

　やや機嫌の悪い彼女をなだめすかしつつ、買い物に向かう。そうしてしばらく二人で過ごしていれば、いつまでも膨れっ面を浮かべてはいられないものだ。

「そうだ、聞いてくれるかい？」

「なにかしら」

「今思い出したんだけど……今朝、悪夢を見たんだよ」

「……それ、デートの最中に話すこと？」

「ああいや……ごめん、悪かったよ。忘れてくれ」

「きっと仕事の悩みのせいでしょう？　今日はそんなこと忘れて、楽しいことだけ考えましょう。せっかくのお休みなんですもの」

「うん、そうだね。君の言う通りだ」

と、そんな場面もありつつ、会話は順調に弾む。なんとか機嫌を直してくれそうだ。そんな予感にほっと一息ついていると、ふと遠く鐘の鳴るような音が耳に届く。思わず反応してそちらを見る僕の気配を捉え、彼女は咎《とが》めるような視線を向けてくる。

「仕事は忘れてって言ったでしょう？」

「いや、でも……」

低く遠く、鐘はロンドンに響き渡り、そして消えていく。間違いない、ロイズの鐘だ。教会のそれとは異なり、時刻ではなく海難事故の発生を知らせる『ロイズの鐘』は、沈没などの悲報が入ったときは『大きく一度』そして無事に帰港するなどの吉報の際には『複数回』鳴らされる決まりとなっている。

　つまりこれは、小さいながらも海上保険会社の社長である僕の仕事の始まりを告げる音色なのだ。ちょっとした事故ならいいが、僕が抱えている顧客には数百人以上乗れる大型客船もいる。タイタニック号の悲劇を思い返せば、こんなところで女にかまけている場合ではなかった。

「すまない、僕の抱えてる顧客かどうかだけでも確認してこなくちゃいけないんだ。この辺のカフェに入って待っててくれないか。もし他の会社の担当してる船だったら、すぐに戻ってくるからさ」

　彼女の返答を待っている時間はなかった。僕と同じ名を持つロイズの本社へ向けて、駆けだした。デートを中断させられて残念だと思う気持ちもあったが、それ以上に仕事へ向けて身体と頭脳が全力で動く準備を始めるこの瞬間。これがたまらなくて、僕ことエドワード・ロイドは仕事をしているのだ。

＊

「おや、エド。きみは今日、休日のはずだろう？」

ロイズ本社の近くまで来たところで、馴染みの保険引受人——書類の下部に署名することからアンダーライターと呼ばれる――仲間に呼び止められる。

「ロイズの鐘を耳にして、ね。デートは切り上げてきたよ」

「相変わらず、仕事熱心なことだ。だが残念ながら、と言っていいのかわからんが、他のやつの担当らしいぞ。ずいぶんでかい船が沈んだらしいな。名前はなんと言ったか……ともかく、きみはデートに戻れるなら戻った方がいいぞ。彼女さん、ずいぶんご機嫌斜めにしてるんじゃないか？」

笑う彼に向かって、僕は肩をすくめて見せる。

「なんだ、張り切って損をしたな」

そんな僕を見て、彼は少しだけ真面目な表情になる。

「大体、きみにだって部下はいるだろう。彼らのことも、少しは信用してやらなくちゃ可哀想じゃないか？」

「うん、分かってはいるんだが、鐘の音を聞くとじっとしてられなくてね」

「きみの唯一の悪い癖だ」

「……放っておけよ」

恋人だけじゃない。家族も、友人も。保険屋として駆け回るロイドを金の亡者《もうじゃ》と蔑《さげす》み、有能ではあるが血も涙もない悪魔と評して離れていく。だがそのような情に流されていてはこの仕事はできない。数字、そして確率。それが全てだ。それ以外のものを差し挟む余地はないし、それに納得できないやつは遅かれ早かれこの世界を去っていくことになる。

「……戻るか」

少しだけ立ち話をして、彼とは別れる。

僕は彼女の下へ戻ることにした。ゆっくりと、歩いて。

＊

彼女はどこにもいなかった。当然と言えば当然の話だった。デートを途中で切り上げて、優に一時間は経過しているのだ。

近くのカフェに入っているのかと淡い希望を抱いて探してみるも、一軒目、二軒目共に彼女の姿を見た店員はいない。ダメ元で入った三軒目で「貴方がロイドさん？」と聞き返されたときには、小躍《こおど》りしそうになってしまった。それだけに、続く言葉は僕に大きな衝撃を与えた。

「彼女さんからの伝言です。『二度と顔を見せないで』とのことでした」

「………。そうか、ありがとう」

好奇心でうずうずしている、という顔を隠そうともしない店員にチップを渡し、僕は店を後にする。最悪の気分だった。仕事を優先するからといって、嫌われることに何も感じないわけでもないのだ。僕は気分を落ち着けるために深呼吸を三度繰り返し、それでも晴れない胸の内をなんとかするべく、旨いランチでも食べようと決めた。

3

　からんからん、と心地よく鳴り響くカウベルの音色が午前中にあった嫌なことを頭の中から洗い流してくれる。上質な料理と酒を楽しもう。僕はそう決めると、意識して微笑みを浮かべながらオーダーを口にする。

「やあ、マスター。いつものを頼むよ。食後のコーヒーもね」

　カウンターの一番端、ちょうど柱の陰になって入り口からは見えない席に腰掛ける。僕がいつもこの席を選ぶことを知っているマスターはロールスクリーンを下ろしてくれるが、こちらを見つめる視線になんとなく違和感を覚える。

「ええっと、ロイドさん、今日はお一人で？」

　マスターが置いてくれたグラスは鮮やかなオレンジの液体を湛えている。

「うん、予定が変わってね。これはミモザだね？」

「ええ、そう……」

　グラスを顔に近づけると、細かい気泡がぱちぱちとシャンパンに特有のアロマを弾けさせる。オレンジジュースのフレッシュな酸味は、食欲を掻き立てる食前酒としてこの上ない。流石《さすが》は深煎りの魔女、こちらの気分を汲んでぴったりのドリンクを提供してくれる。

「シャンパン、それは飲んだ女性を綺麗に見せる唯一のワイン、か。彼女にも飲んで欲しかったものだ」

そんな僕のつぶやきに、マスターはもの言いたげに微笑むと料理に取り掛かった。ほどなくして目の前に置かれたのはカナッペだった。薄切りのバゲットに載っているのは生ハム、そしてスモークサーモン。強めに塩を利かせてあり、もう少し食べたいと思ったところで皿が空になる。気付けばグラスも空になっていた。

「今日は趣向を変えて、ロゼになさいますか?」

「うーん。そうだね、そうしようか」

この日のためにマスターにお願いしていた、極上のロゼだった。マスターは手のひら大の氷を手にすると、ピックで削って球形に整えていく。いつ見ても見事な手際だ。オールドファッションドグラスに注がれた桜色のワインは、曇り一つない透明な氷も合わさって輝くようだった。

僕はしばし見惚れ、手の中でグラスを転がして香りをゆっくり楽しんでから口をつける。当然ながら味も素晴らしい。視覚、嗅覚、味覚を存分に楽しませてくれるそいつを飲み終えるころには、新たな臭いが嗅覚を刺激し始めていた。

「ああ、いい匂いだ」

熱く焼けたチーズの匂い。厚みのあるグラタン皿はごとりと重く、カウンターの上で地獄のようにくつくつと煮えるチーズ、そして赤黒いマグマを思わせるミートソースがなんとも食欲をそそる、カフェ・アルト特製ミートソースグラタン。僕のお気に入りの一品で、ランチの際は必ず、それこそ夏でもこれを頼むことにしている。とにかく大好物なのだ。

「いただくよ」

「待って」

大振りのスプーンを手に取り、たっぷりとチーズの載った中心部分に差し入れる、その瞬間。マスターが僕を制止する。

いったいなんだろう。そんな疑問を顔に浮かべただろう僕に、マスターはいいことを思いついたと言わんばかりの顔で、こう言うのだった。

「わたしと、賭けをなさいません？」

「賭け、かい？」

僕は問い返しつつ、手元のグラタンに目をやる。熱々の内に食べたいという意思表示のつもりだったのだが、マスターはそれには構わず言葉を続ける。

「ええ、単純な賭けです。クリアすべき条件はたった一つ。ロイドさんがこのグラタンを最後まで食べきること。ね、簡単でしょう？」

「それは……賭けになるのかな？」

グラタンは僕の大好物だ。そして僕はいまお腹を空かせている。なんだったら二皿食べてもいいくらいだった。

「ええ、その代わり、全部食べる前に席を立ったらわたしの言うことを何でもひとつ聞いて欲しいの」

そんな風変わりな賭けの提案に、僕は肩をすくめて答える。

「マスターの頼みが僕にできることなら、むしろ進んで協力したいくらいだけどね」

「それではダメなの。ねえ、お願いロイドさん。このグラタンを最後まで食べ切ってくれたなら、ただそれだけでいいの。ロイドさんが賭けに勝ったら、今度ご来店いただいたとき一回だけ無料でグラタンをお出ししてもいいわ」

「ふむ。つまり」

僕はマスターの言葉をよく吟味《ぎんみ》する。

相手の言葉の裏を考えるのは、職業病と言っていい。

「きみは僕にどうしてもグラタンを完食して欲しい、ということかな？」

マスターは黙って微笑む。

「確認しておくが、僕が食べられない何かが入っていたりはしないだろうね？」

「お客様に料理を提供する料理人の端くれとして、誓って」

「うん、乗ろう。じゃあ、いただくよ」

リスクは限りなく小さく、リターンは決して小さくない。悪くない賭けだった。

僕はスプーンでグラタンをすくって持ち上げる。そのときだった。

から－ん。遠く響いた鐘の音に、僕は思わず顔を上げる。

ロイズの鐘。しかも海難事故発生を知らせる『一回』だった。まさか、マスターはこれを知っていて賭けをもちかけたのか。いや、ありえない。ロイズより先に海難事故発生を知るのは、海鳥だけなのだから。

そんな、頭の中に渦巻く疑問が顔に出たのだろう、マスターは申し訳なさそうな表情を浮かべている。しかし、戯《たわむ》れめいた賭け事のために仕事を疎《おろそ》かにするわけにはいかない。間が悪かったと言うしかなかった。

「すまないが僕の負けということにしてくれないか。お願いは今度、必ず」

マスターは僕の言葉を途中で遮《さえぎ》って言う。

「では、いま、ここで。グラタンを最後まで食べ切っていただけますか？」

「マスター！」

流石に、苛立ちが口調に出てしまう。なぜこんな意地悪をするのか。

「約束、ですよね？」

「ぐ……」

約束、対価、条件、契約。そんな言葉に僕は弱い。そう、確かに僕は賭けで負けた。約束は果たさなければならない。それがルールだ。ルールはすなわち信頼であり、それを破った瞬間に保険屋である僕の仕事は成り立たなくなる。

「分かった。全部食べようじゃないか」

半ば自棄《やけ》を起こし、スツールに腰掛け直してスプーンを手に取る。

表面のチーズこそ少し冷めかけているが、中のミートソースはまだ熱く、急いで食べれば火傷してしまいそうだ。息を吹きかけて冷まし、スプーンを口に運ぶ。旨い。この味に惚れこんでこの店に通うようになったのだ。旨いに決まっている。一度口にしてしまえば、もう手が止まらなくなってしまう。

「……引き留めてしまって、ごめんなさい」

ぽつりと、マスターが言う。

「いまさらそれは、ずるいな」

僕はグラタンを口に運ぶ手を止める。少し頭も冷えて、怒る気はもう失せていた。

「それに、一口も手を付けずに出ていこうとした僕にも非がある。やはりマスターのグラタンは最高においしいよ。これを食べずに店を後にするなんてどうかしている。それこそ犯罪と言ってもいい」

仕事で失態を演じて挫折《ざせつ》しかけたとき、保険屋として独立して会社を立ち上げたとき、会社が大きくなるきっかけとなる大口の契約を結んだとき。思えば、人生の転機には常にこのグラタンが側にあり、前へ進む気力をくれたような気もする。

店を訪れる度に注文しているのだから、そうしたタイミングと重なるのは当然と言えばそうなのだが、僕にとっては一種のジンクスのようなものだった。それを危うくないがしろにするところだったとの思いを噛み締める。

店の前で何かが衝突するような音がしたのは、そのときだった。

「事故、ですね……」

マスターは独り言のように口にする。直前にブレーキ音もしたから、おそらく車が何かに衝突したのだろう。外では通行人が助けを呼ぶ声がしていた。どうやらかなり大きな事故のようだ。気にはなったが、しかし僕はまだグラタンを食べ終えていなかった。僕は無駄口を聞かずスプーンを口に運び続け、マスターもその間ずっと目を伏せて黙ったままだった。かちゃかちゃとスプーンが皿に触れる音だけが響く。

「ごちそうさま」

綺麗に食べ終え、感謝の言葉を口にする。何度も何度も、まるで訂正するかのように鐘が打ち鳴らされる音が耳に届いたのは、役目を終えたスプーンを皿に置こうとしてかちゃりと音が鳴るのとほぼ同時だった。

その鐘の音色は聞き間違えようもない。紛れもなくロイズの鐘だった。鐘は海難事故の発生時に『大きく一度』そして無事の帰港に際して『複数回』鳴らされる決まりになっている。ということは、先ほどの鐘は誤報だったのだろうか。そう頻繁《ひんぱん》にあることではないが、前例がないわけではない。

「どうやら、僕が急いで行く理由もなくなってしまったようだよ。結果から言えば、グラタンを食べていて正解だったってわけだ」

肩をすくめる僕に、マスターはとても魅力的なウィンクを投げる。

「さ、コーヒーをどうぞ」

円筒型のマグをそのまま小さくしたようなデミタスカップがカウンターに置かれる。チーズと肉の匂いにも負けない強く上品な香り。深煎りの魔女の面目躍如《めんもくやくじょ》、とびっきりのエスプレッソだった。

ロンドン塔の衛兵とおかしな秘密

Secret Crush on the Beefeater

1

ロンドン、ブルームズベリー。飾らない雰囲気、知と文化の薫り高いこの街には、歴史あるカフェやパブが軒《のき》を連ねる。魔女の三角帽をモチーフにしたブロンズの看板を揺らすカフェ・アルトはそうしたカフェのひとつだ。マスターが一人で切り盛りするお店にはいつでも心地よい空気とコーヒーの香りが漂っている。

「いらっしゃいませ」

「……えっと、こんにちは、マスターさん」

「ごひいきにしてくださってうれしいわ、ローザさん。今日もカウンター？」

天窓から差しこむ陽光を透かして金色に輝く、淡いブラウンの髪。童顔でおっとりとした雰囲気に知的な焦げ茶の瞳を持つマスターが心をほぐすような微笑みを浮かべる。朱染《しゅぞ》めのネクタイを締めた白いシャツの上にカーディガンを羽織《はお》り、黒のエプロンをかけた姿が今日も似合っている。ロンドン大学の入学試験に受かってウェールズの片田舎から出てきた自分とは石灰とチーズほど違う、とあたしは思う。

野暮ったい眼鏡、三日に一度は袖を通す普段着という格好は、大学という隔離された空間ならまだしも七百五十万の人口を誇る大都市ロンドンでは田舎者であることを主張して歩いているに等しい。もっとも、あたしことローザ・アシュベリーが田舎者であることは反論の余地もない事実なのだけれど。

「……どうかされました？」

「いえっ、なんでもない、です」

入り口で突っ立ったままのあたしに、マスターが不思議そうな顔をする。店内にはあたしとマスター、そしてお客さんがもう一人。カウンターでカップを傾ける壮年の男性は、気取らないジャケットがよく似合う精悍で引き締まった体躯をしている。彼の名前はダニエル・ワイルド。カフェ・アルトの常連で、週末はイーストエンドのアパートから散歩がてら、このカフェを訪れる習慣を持つ。

あたしはカウンターの右端に腰を落ち着けるダニエルから一番離れた、左端の席に腰かける。カフェ・アルトのカウンターは六席なので、二人の間にある席はわずか四つ。顔が熱くなり、心臓が早鐘を打つのを自覚する。今はこの距離で精一杯だった。これ以上近づけば、きっと彼に変な女だと思われてしまう。

「ご注文は？」

あたしが一息ついたのを見計らって、マスターが声をかけてくる。

「ううん……何にしようかしら」

「そうね、ローザさんはこれから大学？　今朝はパウンドケーキを焼いたから、朝食がまだならコーヒーと一緒にいかがかしら。プレーンなケーキにアイスクリームを添えて、チョコソースをかけると深煎りの豆で淹れたコーヒーと合うでしょうね」

「じゃあ……それでお願いします」

もっと気の利いたセリフが口にできないものか、と心中で自分を罵《ののし》る。

「豆はどれがいいかしら。こないだはブレンドを試してもらったんだっけ」

「あの、マスターさん……！」

「なにかしら？」

手招きして、顔を近づけて耳打ちする。

「……その、カウンターのあの人と、同じものを」

「かしこまりました」

納得顔でうなずいたマスターが準備にかかる。火にかけられたケトルが沸くのを待つ間に、パウンドケーキにチョコソースのかかったバニラアイスが添えられて出てくる。アイスに飾られたミントの葉の匂いが涼《すず》やかだった。

「アイスが溶けないうちに、どうぞ」

「はい。いただきます」

皿にはフォークとスプーンが添えられている。どうやって食べるのが正しいのか。マスターの表情を窺うと、お好きなように、とでも言いたげに微笑まれてしまう。それならばとスプーンでアイスをすくい、フォークで切り取ったケーキに載せて口に入れる。ほのかに温かさの残ったケーキと冷たいアイスがとろけるようだ。

「なんて言っていいのかわからないけど、おいしい、です」

「そう、よかった」

ドリッパーにペーパーフィルターがセットされ、微粉になるまで挽かれた真っ黒な豆がメジャーカップからやや盛り上がるほどすくい入れられる。軽くゆすって均す様子を眺めていると、それに気付いたマスターが、まだ挽いていない豆を保管するガラスのキャニスターをカウンターに置いて見せてくれる。遠目にはいかにも苦そうな黒一色に見えたが、よく見れば深い焦げ茶色であることがわかる。

「なんだか、つやつやしてますね」

「綺麗でしょう？　深煎りにすると油が出るの。豆を使い切る頃には、ガラスの内側がべたべたになってるくらい。そのぶん保存にも気を遣うんだけどね」

「へえ、そうなんですね」

会話が続かない。これではダニエルと楽しくお話をするなんて夢のまた夢だった。実際、お客だから仕方なく話しかけてくれているのだろうマスターとさえ会話が続かないのに、カフェ・アルトのお客という共通点しかない彼とどんなお話をすればよいのだろうか。悩むうちに、目の前にカップが置かれる。

「イタリアンブレンドのレイヴンロースト。気に入ってくれるといいのだけど」

油分の浮いた漆黒の液体はいかにも苦そうで、男の人が好みそうなコーヒーだった。気を利かせたつもりなのか、小振りなミルクポットも側に置かれる。

「マスターさん、これは……？」

ちらりと横目で見たダニエルのカップには、ミルクポットなど添えられていない。恥ずかしさをこらえて、彼と同じものを頼んだというのに。

「いいから、ためしに飲んでみて？」

しぶしぶうなずき、油分の浮くカップを吹き冷ましてから口にする。

「……けほっ」

「ほら、ね？」

あまりの苦さにむせたあたしを見て、マスターがくすくすと笑う。

「砂糖とミルクを入れた方が、かえって味も分かるんじゃないかしら」

「……分かりました。そうします」

「レイヴンロースト。カラスみたいに真っ黒で、つやつやしてるから、そう名付けたんだけど。うちだと一番時間をかけて、念入りに深煎りしてある豆でね。とっても苦いのが好きなお客様にお出ししている、ちょっと特別な豆なの」

「ああ、それで……」

「ん？」

「いえっ、なんでも、ないです」

「そう？」

危うく、口走るところだった。ロンドン塔の衛兵——ビーフィーター——のダニエルさんにふさわしい名前のコーヒーですね、と。レイヴン、つまりワタリガラスがロンドン塔の象徴であり、塔を守護する衛兵隊の中に専属でカラスを飼育する役職まで設《もう》けているのは有名な話だ。しかしそれを口にすれば、なぜダニエルがビーフィーターの一員であるのを知っているのかという話になる。そこから話が及んで彼をストーキングしていることがバレてしまえば、カフェを出入り禁止になりかねない。それだけは避けなければならなかった。

「ごちそうさま。俺はそろそろ行くとしよう」

あたしが狼狽《ろうばい》しているうちに、いつのまにかコーヒーを飲み終えたダニエルが席を立っていた。もう帰ってしまうらしい。

「ダニエルさん。ちょっと待ってね、すぐ用意するから」

「いつもありがとう、マスター」

「こちらこそ、ごひいきにしてくださってうれしいわ」

マスターはカウンターの内側で何かを袋詰めすると、さらさらとメモに書きつけてそれも入れる。常連との自然で手慣れたやり取り。あたしもダニエルとあんな風に話せたらいいのに、とうらやましく思う。

袋を手にして店を出る彼を横目でちらちら見送りつつ、カップを傾ける。マスターの助言に従って、砂糖とミルクを入れたコーヒーは甘やかでありながら苦い余韻を残す、今まで飲んだ中で一番おいしいコーヒーだった。猫舌なので、ちびちびと飲みながらケーキと溶けかけたアイスをいただく。こちらもおいしかった。

彼の後を追いたい。けど、この味をずっと楽しんでいたい。そんな感情の板挟みになりながら、あたしはフォークを口に運び続けたのだった。

2

よどんだ空気の漂うイーストエンドのしけたフラットを出て、ロンドンの街を歩く。たまの休日に身なりを整えてカフェを訪れるのは、ロンドン塔の衛兵隊に所属するダニエル・ワイルドの密かな楽しみだった。足取りは軽く、自然と口角が吊り上がる。

ブルームズベリーのカフェ・アルトはカウンター六席、四人がけのテーブルが二脚あるだけの小さなカフェだ。客層は若い学生から働き盛りの男性、杖をついた老紳士まで様々で、誰もがマスターの淹れるコーヒーに惚れこみ、おいしい料理に舌鼓《したつづみ》を打つ。彼女が作るデザートがまた格別なのだ。

「もうやってるかい、マスター」

「あら、ダニエルさん。ええ、もちろん。どうぞお好きな席へ」

「ありがとう」

ぐるりと店内を見回す。テーブル席にかける老夫婦、カウンターには学生らしい若いカップル。最近見かけるようになった眼鏡の女学生の姿はない。そのことにほっとしたような、残念なような気持ちでカウンターの定位置に腰を落ち着ける。

「そうそう、こないだ持たせてくれたフィナンシェ、おいしかったよ。コーヒーもメモの通りにしたら、マスターほどじゃないけどおいしく淹れられた」

「そう、よかった。ああ、そのことで思い出したんだけど、先日の洋ナシのタルト。あれ、もしかしてお気に召しませんでした？　いつもは次に来たときに感想を下さるのに、あのときだけは言葉を濁《にご》していらっしゃったから」

ひそひそと、秘密の話をするようにマスターがささやく。

「ああ、あれか……白状すると、すまない。あれはダメにしてしまったんだ」

一か月ほど前の話だ。話題にするのを避けていたが、マスターから切り出されたのでは仕方がない。ダニエルが頭を下げると、マスターは意外そうな顔をする。

「そうなの？　そこまで足が早いものでもないはずだけど」

「いや、そうじゃないんだ。その、せっかく作ってくれたマスターには本当に申し訳ないんだが、帰り道で落としてしまってね。袋も破れて土塗《つちまみ》れだ。結局、一口も味わえなかったよ。あんなことになるなら、ここで食べていけばよかったな」

「あらら、それは残念ね。けど、どうしてまた？」

「さる女性の身代わりになって、というところかな」

「それはそれは。台無しになったタルトも、さぞ光栄に思っているでしょうね？」

「いじめないでくれよ、マスター」

肩をすくめるダニエルに、マスターがおかしそうに微笑む。

「でしたら、善良で勇敢なダニエルさんのために、今日のお代は少し負けておきましょう。ありつけなかったタルトの分まで、たっぷり召し上がれ」

「ありがたいよ。さて、今日は何を焼いたんだい？　いい匂いだ」

鼻をくすぐるのはキャラメルとアーモンドの香りだ。ふと横目で隣のカップルに視線をやると、つやめく淡褐色の菓子を口にしているのが目に入る。

「フロランタンを作ってみたの。上手く焼けてるか、味見してくださるかしら？」

「マスターがそこまで言うなら、そいつをもらおうかな」

ダニエルのそんな口ぶりに、マスターは何も言わずただ微笑む。ダニエルが平静を装っていても、内心は彼女が丹精こめて手作りした菓子を口にしたいばかりであることを見透かされているのだ。

「豆は？　ブラジル産のいいのが入ったんだけど」

「こないだの、レイヴンローストはまだあるかな？」

「気に入ってくれた？　ええ、最後の一杯ぶんくらいはあったはず」

「じゃあ、それを頼もう」

「かしこまりました」

特に注文をつけなければ、マスターは出てくる料理や菓子にぴったりのコーヒーを淹れてくれる。逆に言えば、深煎りのコーヒーを好むダニエルに勧めるということはその菓子が深煎りのコーヒーにぴったりであることを示している。

綺麗に折られた紙のフィルターがドリッパーにセットされ、棚から豆の入った瓶を取り出したところでマスターが手を止める。思案するような表情を見せたかと思うと、唇に指を当ててダニエルに問いかける。

「ちょっと足りないから、ブレンドしてもいいかしら？」

「実験台というわけか。いいだろう、引き受けよう」

「もう、人聞きの悪い言い方をしないでくれるかしら。ちゃんとおいしく淹れます」

「もちろん、信用してるよマスター」

軽い冗談のやりとり。童顔のマスターが笑うと、本当に子供のようだ。棚に並ぶ豆の前を行ったり来たりしながら、どの豆ならレイヴンローストの味をより引き立たせるかと想像する表情は夢見る少女のように純粋だ。

「ベースはもちろんレイヴンローストにするとして、相性がいいのは……そうね、マンデリンがいいかしら。後はモカを足せば風味もよくなるかな」

マスターは納得したようにうなずくと、メジャーカップで量りながらミルに豆を入れていく。レイヴンローストを主体に、中煎りのマンデリンを組み合わせ、浅煎りのモカで特徴をつける。どんな味になるのか楽しみな組み合わせだ。

ミルはエスプレッソに適した深煎り豆に使う極細挽きのものではなく、通常の中挽き用のものだ。一杯分の豆が、意外に力強いマスターの手によって素早く挽かれていく。蓋のないミルは辺りに香りを広げ、カウンターの客を楽しませてくれた。

ミルからフィルターに移した豆に、ケトルからお湯を注いで蒸《む》らす。コーヒー豆がその奥底に秘めた薫香《くんこう》を引き出すため、じっくりと一分弱が蒸らしに費やされる。マスターはそれを待つ間にも店内へ目を走らせ、客のカップと皿が空いていないか、彼らがオーダーの機を窺ってはいないか確認している。ふとダニエルと視線が合うと、くすくすと笑われてしまう。

「待ちきれないって顔してるわ。お先にどうぞ。けど、全部食べちゃわないでね？」

カウンターに置かれた皿には長方形に切り分けられたフロランタンが二枚載っていた。かりっとした食感のクッキーにスライスアーモンドをぎっちり並べ、ふんだんに砂糖をまぶした上で焼き上げてキャラメリゼしてある。バターとアーモンドの匂いがコーヒーの香りと混ざり合い、なんとも食欲をそそる。

一枚をつまみ上げて、口に入れる。噛むごとにほろほろと崩れるクッキー生地と、たっぷり使われたバターとアーモンド、キャラメルの旨味が重層的に広がる。思わず口元がほころぶような、豪華で楽しい味わいだった。

「さあ、こっちもできたわ。今度はコーヒーと一緒に召し上がれ」

「ありがとう。うん、いい香りだ」

濃厚で苦みの強いコーヒーは、同量の熱いミルクで割られてカフェオレになっている。口中に残るバターとキャラメルを洗い流し、次の一口に新鮮さを与える、まさにフロランタンにうってつけの飲み物だった。たった二枚のフロランタンは、魔法のように目の前から消え去ってしまう。

「気に入っていただけたかしら？」

「もちろんだ。これはやみつきになる味だな。いくらでも食べられそうだ」

「よかった。ダニエルさんにそう言ってもらえてうれしい」

そして、他の客には聞こえないようにそっと耳打ちされる。

「お土産は期待してくださって構わないわ」

「ああ、そういうことか。うん、楽しみにさせてもらうよ」

「コーヒーの残りはこちらと一緒にどうぞ」

お勘定を求める老夫婦の対応に向かうマスターが、ケーキの載った皿をカウンターに残していく。正方形のチョコ生地に大ぶりのクルミが載ったブラウニーだ。断面からもこぼれ落ちそうなほどのナッツ類が覗いている。フォークを入れると、表面はかりっとしながらも内部はしっとり焼き上げられているのがわかる。切り分けて口に入れるとどっしりとしたチョコの味が広がり、カフェオレの甘さを引き立ててくれる。

「シンプルなチョコ生地のブラウニーもおいしいけど、ちょっと退屈でしょう？　クルミにヘーゼルナッツ、カシューナッツ。三種のナッツを採算ぎりぎりまで練りこんであるの。それぞれ大きさも変えてあるから、食感が楽しいでしょう」

いつの間にかカウンターの中に戻ってきていたマスターが、自慢げに説明を加える。きっと自信作なのだろう。ナッツの食感がアクセントとなり、シンプルでボリュームのある、満足感の高いチョコケーキだった。

「こっちもおいしいよ、マスター。流石だ」

「ブラウニーは風味が落ちやすいから、ちょうど食べごろの時間に来てくれたのもよかったわ。甘さは控えめにしたから、コーヒーとも合うでしょう？」

「ああ、ぴったりだ。おかわり、頼めるかな」

「ええ、もちろん……はい、どうぞごゆっくり」

追加注文をする若いカップルに応えて、カフェオレのおかわりを置いたマスターがダニエルの前を離れる。彼女が切り盛りするカフェ・アルトに通うようになったのは、ダニエルがヨーマン・ウォーダーズ、すなわちロンドン塔の衛兵隊に入ってしばらく経ったころだった。牛喰い――ビーフィーター――の異名も持つヨーマン・ウォーダーズは王冠を守護する者として精強であることが求められ、牛肉を喰らってジンをロックで飲み干すようなイメージがついて回る。

しかしダニエルは下戸《げこ》で、おまけに根っからの甘党だった。甘味がない生活など考えられない。初めこそコーヒーに砂糖を入れたりしてごまかしていたが、次第に菓子を食べたいという欲求を抑えられなくなってきた。そんなとき、知り合いに会わないようにと休日にブルームズベリーまで足を伸ばし、たまたま入ったのがカフェ・アルトだった。マスターのアルマはダニエルが甘味好きであることをたちまち看破し、絶品の菓子とそれに合うコーヒーを出してくれた上、お土産の菓子を袋に詰めてくれたのだった。ダニエルがカフェ・アルトの常連になったのは言うまでもない。

「さて。そろそろお暇するよ、マスター」

「ああ、待ってねダニエルさん。すぐ用意するから」

紙袋に詰められるのは、もちろんあのフロランタンだ。紙を通して、甘い匂いがふわりと広がる。自分のフラットでぎこちなく淹れるコーヒーはマスターのそれと比べるべくもないが、カフェ・アルトのフロランタンと一緒ならただ苦いだけの安いコーヒーだっておいしく感じられるだろう。

「湿気に弱いから、密閉できる瓶か缶で保存するといいわ」

「ありがとう、そうするよ」

「それじゃ。またの来店、お待ちしてます」

「うん。その、マスター?」

「なにかしら」

「家族へのお土産、いつも用意してくれてありがとう」

「ああ、はい。別に気にしなくていいのよ」

　これはカウンターにいる若いカップルを意識しての発言だ。ダニエルが甘党であることはマスターとの秘密であり、他の客にばれないように便宜《べんぎ》を図ってもらっている。彼女はそんなこと隠さなくてもいいのに、とは言うものの、栄《は》えあるヨーマン・ウォーダーズの一員であるダニエルがイメージを崩すわけにはいかないのだ。

　ああ、それにしてもいい香りだ。腕の中の紙袋を抱え直し、ダニエル・ワイルドは上機嫌でロンドンの街を征《ゆ》くのだった。

3

ロンドン大学から下宿への帰り道。魔女の三角帽を象《かたど》ったカフェ・アルトの看板に、どうしても目が吸い寄せられてしまう。今日のダニエルは仕事で、お店にはいないはずだとあたしの中の冷静な部分が訴える。

しかし、もしかしたらお店に来ているかも知れない。淡い期待を胸に看板を眺めていたあたしは、気付くとカフェの扉を押し開けていた。

それなりに混み合う店内に期待をこめた視線を走らせる。当然、ダニエルの姿があるはずもない。そのままお店を後にするわけにもいかないので、カウンターに向かって歩を進めるとマスターと目が合ってしまう。

とっさに視線をそらしてしまってから後悔する。どうしてあたしはいつもこうなのだろう。マスターは落ちこむあたしに愛想よく笑いかけてくれた。

「ごきげんよう、ローザさん。カウンターでいいかしら?」

「はい、あの、カウンターで」

「この席でいいかしら」

「え、あの、はい。大丈夫です」

マスターが示したのは、いつもダニエルの座る席だ。見透かされている事実に顔が熱くなるが、気遣いがうれしかったのも事実だった。きっと好きな席を選んでいいと言われても、自分では彼のことを意識してしまって選べないだろうから。

「えっと、ありがとうございます」

「どういたしまして」

スツールに腰掛け、何を飲もうか思案する。誰かと会話をするのは相変わらず苦手だが、カフェ・アルトのコーヒーと居心地のよさは気に入り始めていた。いつでも朗らかに迎え入れ、適度に放っておいてくれるマスターのおかげだ。

「今日は甘いのにする？　それとも苦いのがいいかしら」

「うーん……」

メニューの上で視線が滑る。自分で選ぶのは苦手だ。そんなあたしの様子を見かねたのか、マスターが助け船を出してくれる。

「ローザさん、色々試してみるのは嫌いじゃないでしょう？　だったらアインシュペンナーは飲んだことあるかしら？」

「アインシュペンナー……ドイツ語、ですか？」

「そう。意味は『一頭立ての馬車』なんですって。おもしろいでしょう？」

「それ、飲み物なんですか？」

「ええ、コーヒーに生クリームのホイップをたっぷり浮かべるの。冬のオーストリア、厳寒のウィーンで主人の帰りを待つ御者《ぎょしゃ》が身体を温めるために飲んでいたのが始まりで、浮かべたホイップがコーヒーを冷めにくくしてくれるそうよ」

「へえ……おいしそう、ですね」

「じゃあ、それでいい？」

あたしがうなずくと、マスターがコーヒーを淹れる準備を始める。いつ見ても手際がよく、無駄のない所作は美しい。カウンター内の全てを把握しているからこそだ。落ち着いた態度と表情からは、コーヒーに対する真摯《しんし》さが感じ取れる。

カップの底にティースプーン一杯のザラメを入れて、その上から静かにコーヒーが注がれる。八分目まで注いだところで止められ、残りの容積をふわふわで真っ白のホイップクリームが埋めていき、最後に白い尖塔《せんとう》を作り上げる。

「ウィーン風コーヒー、アインシュペンナー。どうぞ、召し上がれ」

「ありがとう、ございます」

目の前に置かれたカップを持ち上げ、どう飲んだものか迷う。たっぷり浮かべられたクリームの層は分厚く、確かにマスターの説明通りコーヒーを冷まさないための蓋の役割をしている。反面、口をつければ唇や鼻の周りにつきそうだった。

「あの、これ、どう飲めば？」

「お好きなように。先にスプーンでクリームをすくって食べてもいいし、混ぜて飲んでもいい。混ぜずに飲んで味の変化を楽しむのもいいわね」

マスターの言葉に従って、今にも溢れそうなホイップクリームをスプーンで先に片付けることにする。牛乳と砂糖に由来するまろやかな甘さに加え、わずかに香る不思議な匂いは柑橘《かんきつ》系のリキュールだろうか。

ある程度クリームを減らしたところでスプーンを置き、カップに口をつける。ホイップの甘みとコーヒーの苦みが口中で混ざり合うため、それぞれ口に含んだ分量によって一口ごとに違った味となる。

「おもしろいでしょう?」

テーブル席からカウンターの中に戻るマスターが、通り際にウィンクしていく。

「はい、とっても」

マスターは満足そうにうなずき、仕事に戻る。客の一人が席を立つと、それにつられるように何組かの客が会計を済ませ、店を出て行く。残されたのは、テーブル席で世間話に興じる婦人たちに、あたしとマスターだけとなる。

カップを傾けながら頭に浮かぶのは、やはりダニエルのことだった。彼ともっと距離を詰めたい。できることなら彼と付き合いたい。しかし、どうすればそうなれるのかが分からない。田舎者のあたしには、相談できる大学の友人もいなかった。

「あの、マスターさん」

声をかけると、マスターは先を促すように首を傾げてみせる。

「ダニエルさんの、ことなんですけど……」

自ら口にしながら、あたしは混乱していた。マスターはいい人だが、彼女に相談するなんてどうかしている。カフェ・アルトに迷惑をかければ、ダニエルとの接点を得るのはますます難しくなってしまうだろう。つい口にしてしまった彼の名前を、なぜあたしが知っているのか。上手くごまかさなければならない。

「ダニエルさんが、好きなんでしょう?」

マスターの穏やかな言葉が、あたしを撃ち抜いた。

「……なんで、なんでそれを?」

「客商売ですもの。相手をよく見て、お話ししていればわかるわ」

「じゃあ、それで、あの……」

言葉をまとめようと必死になっていると、マスターがそれを遮るように言う。

「けど、いいえ、だからこそ。ダニエルさんのことはお話しできないわ」

「えっ?」

「お客様について、わたしが知っていること。それはわたしがこのカフェ・アルトのマスターだから知っていることに他ならない。ダニエルさんが秘密にしていることを、わたしが勝手に喋ることはできないの」

　マスターが言っているのは、当然のことだった。客商売は信用商売。客の秘密を簡単にばらすようなお店が流行るはずもない。

「そうですよね。ごめんなさい」

　頭を下げる。視界は涙に滲みそうだった。

「だから、ね？」

　マスターの口調は優しかった。彼女は続けてこう口にする。

「なぜダニエルさんを好きになったのか、よかったらわたしに聞かせて欲しいの。ダニエルさんの秘密をわたしから話すことはできないけど、ローザさんのお話を聞くことならできるから。力になれるかどうかわからないけど、話すだけでも気が楽になるんじゃないかと思うの。どうかしら？」

　彼女になら、話してもいいのかも知れない。なぜかそう思えた。

「秘密、守ってくれるんですよね？」

「もちろん。深煎りの魔女の名にかけて」

「なんですか、それ」

　大仰《おおぎょう》な名前に、あたしはつい吹き出してしまった。

「分かりました。お話しします」

ダニエルと出会ったのは、一か月と少し前。
生まれて初めてロンドンを訪れた日のことだった。

4

人の数も、通りの数も多過ぎる。故郷のウェールズで神童ともてはやされ、晴れてロンドン大学に合格したローザ・アシュベリーを待ち受けていたのは、祭りかと見紛うほどの人混み。そして横断すら困難な大通りが幾筋も交差する光景だった。

列車を乗り過ごしたことに気付き、慌てて降りたのがよくなかったのか。下宿のあるブルームズベリー地区のガワー通りにほど近い駅で降りるつもりが、着いたのはテムズ川を挟んだ南岸にあるロンドンブリッジ駅だった。

「え、あれ？　ここに入れて……」

折り返しの切符を買おうとして気付く。

「……財布がない。え、落とした？　嘘でしょ。なんで？」

どこかで落としたのか、あるいはすられたのか。一縷《いちる》の望みをかけて駅員に尋ねてみたが、気の毒そうに首を振られるだけだった。名前と下宿先の住所を伝えてはみたが、出てくることは期待しない方がいいと暗に態度で告げられてしまう。

落ちこんでいても仕方がない。気を取り直して駅舎を出て、辺りを見回す。道行く人々は誰も彼も忙しげに歩《あゆ》んでいて、声をかけられる雰囲気ではない。トランクに入れておいた下宿代が無事だったのは不幸中の幸いだが、手持ちのお金はほとんどなく、辻馬車も雇えない。下宿までは歩いて向かうしかないようだ。

「ロンドンブリッジ駅ってことは、あの有名なロンドン橋の近くなのよね？」

重たいトランクを抱え、たった一人で大都市に放り出された心細さを打ち消すため、推測をあえて口に出す。立ちこめる悪臭にくらくらするが、おそらくはこれが悪名高いテムズ川の臭いなのだ。ならば、臭いの強い方へ向かえば川がある。

歩くのは苦にならない。人々の歩みの速さには面食らったが、よく見れば自分と同じようにきょろきょろしながら歩いている観光客の姿も見える。慣れればスムーズに歩けるようになるはずだと自分に言い聞かせる。直後、トランクを持ち替えようとして他人の足にぶつけてしまい、盛大に舌打ちされて心が折れそうになった。

テムズ川はほどなくして見つかった。都市の汚濁《おだく》を一身に引き受けたような濁りと悪臭に思わず顔をしかめる。こんな臭いの中で暮らしていて、鼻がおかしくならないのだろうか。あるいは鼻がおかしいからここで暮らせるのか。

「あれがロンドン橋、かな」

壮麗な一対の石塔と空中回廊を備える立派な橋だ。あれこそロンドン橋に違いないと確信して、再びテムズの流れに沿って歩き出す。

橋に近づくと、その巨大さが実感できる。馬車が悠々《ゆうゆう》とすれ違える幅員《ふくいん》、双子のような石造りの尖塔、それらを支える橋脚。物珍しさに塔を見上げながらアーチを潜《くぐ》るローザは、いつの間にか人通りが少なくなっていることに気付けなかった。

汽笛が鳴り響く。視線をやると、上流から一隻の船が近づいてくるところだった。動力船のようだが、帆走《はんそう》するためのマストも備えている。

「……あれ、引っかかるんじゃないかしら」

動力船のマストは橋桁よりも高いように見受けられた。橋が迫っても船足が緩む気配はなく、船員は気付いているのだろうかと不安を抱いた、そのときだった。

警笛が鳴り、数人の男性が駆け足で彼女を追い抜いていく。驚いて足を止めると、続けて甲高いベルが響き渡り、地響きのような音が前後から聞こえてきた。足下《あしもと》から突き上げるような感覚に、地震という単語が脳裏をよぎる。迂闊《うかつ》に動かない方がいい、という判断は結果として裏目に出る。

「えっ、えっ？　ちょっと、動いてる。なんで？」

塔の下に人が集まり、こちらを指差して叫んでいる。内容は聞き取れなかったが、背後に何かあるのかと振り返ったローザはようやく事態を理解する。

「橋が、割れてる……」

すでに変化は明らかだった。橋は中心から開きつつあり、ローザは橋のほぼ中央に取り残されつつある。跳開橋《ちょうかいきょう》。話には聞いていたが、実物を見るのは初めてだった。

頭では冷静に判断しつつも、恐怖に縛られた身体が動いてくれない。

刻々と広がる開口部、そこから覗くはるか下の水面に足がすくむ。想像したよりも橋が上がるのが速く、まっすぐに立っているのも難しくなる。橋上に散乱していた砂が一斉に滑り落ちる音が耳に届いた。傾斜はますます強まっていく。

「失礼するよ、お嬢さん」

背後から、惚れ惚れするようなバリトンで声がかかる。

「はいっ?」

振り向いた拍子にバランスを崩し、そのまま抱きかかえられる。手放してしまったトランクが舗装《ほそう》と擦《こす》れ合いながら滑り落ちていく音に顔をしかめる間もなく、くるりと方向転換した視界は来た道を駆け戻っていく。

どうやら助かったらしい、と気付いたのは跳ね橋の側で降ろされてからだった。バリトンの声の持ち主は彼女の全身を眺めて無事を確認すると、にっと笑う。

「危なかったな、お嬢さん。怪我はないかい?」

「あの、はい。怪我はしてません」

「こっちは傷だらけになっちまったな。救ってやれなくてすまなかった」

男は擦り傷だらけのトランクを拾い上げ、ローザに渡す。落ちた拍子に橋上に転がっていた紙袋を潰したらしく、表面に甘い香りを放つ何かがべったりと付着しているのが見えた。それを見てお互いに顔をしかめる。

「それにしても……おい、門番は何してた！　危うく事故になるところだぞ！　おまけに俺の大好物まで台無しにしやがって、どうしてくれるんだ！」

男は門番に食ってかかり、一部始終を見ていた通行人が好奇の視線を投げてくる。

危機から脱した混乱の渦中《かちゅう》にあり、注目に耐えられなくなったローザは、船を通し終えると速《すみ》やかに閉まった橋を渡って向こう岸へと逃げ去ったのだった。

＊

後から聞いた話では、その日塔に詰めていた見張りは臨時の応援で、通行人に注意を促す門番の警笛《けいてき》を開橋の合図と勘違いしたそうだ。そのため、本来は目視で通行人の有無を確認してから橋を上げるという手順が抜け落ちたらしい。

滅多にない事故の現場に居合わせ、あまつさえ当事者になったのも偶然なら、橋の上で取り残されたローザを救った男性と再会したのも偶然だった。

ようやくロンドンでの生活がスタートし、田舎者らしく休日にロンドン観光をしていたところ、ロンドン塔の衛兵を務める彼の美声が耳に入ったのだ。

「あの……」

「何か用かな、お嬢さん？」

「いえ、あの、えっと。別に、そういうわけじゃ」

「ふむ。観光かな？　ロンドンを楽しんでいくといい」

勇気を振り絞って声をかけてみたものの、どうやら向こうはローザの顔を覚えていないらしい。橋で救ってもらったときは顔を見ている余裕などなかっただろうから、仕方のないことだった。ローザとしても、危険を冒《おか》して救ってもらったのにお礼も言わず逃げ去った気まずさもあり、自分から名乗るのは憚《はばか》られた。

かといって知らない振りもできず、お礼を言うきっかけをつかめないままロンドン塔のあるイーストエンドを夕方までうろうろした挙げ句、柄の悪い連中に追いかけられているところを見咎められて、また助けられてしまう始末だった。

「危ないところだったな。うん？　お嬢さん、昼間にも会ったたな」

「あの、あの。お仕事中なのに、すみませんでした」

「これくらい、どうってことないさ」

「あっ、えっと」

「ん？」

「いえ、なんでもないです。何度もありがとうございました」

「そうか？　じきに日も沈む。気を付けて帰るといい」

衛兵としての仕事に戻ろうとする彼を引き留めるのに気兼ねして、橋でのことを言い出せなかった。せっかくの好機を不意にした自分への嫌悪で頭を抱えているうちに日は沈み、ガス灯の明かりが街路を照らす時刻となっていた。

その後、仕事上がりの彼を追跡して名前と住所を突き止めたまではよかったものの、偶然を装ってカフェ・アルトで再会した折にもダニエルはローザをロンドン塔に観光のため訪れた学生としてしか認識してくれなかった。

こうなると、いまさら橋での一件を言い出すのは難しい。もっとスマートに事を進める方法はいくらでもあったにもかかわらず、それらを全て見逃し、タイミングを外し続けた末の自縄自縛《じじょうじばく》に、ローザ・アシュベリーは陥《おちい》っていた。

5

どうやら年甲斐もなく恋をしているらしいと気付いたのは、彼女がカフェ・アルトを訪れないだろうかとぐずぐず粘っているのを自覚したときだった。

甘味好きであることを周囲に隠すダニエルにとって、カフェ・アルトは気兼ねなく甘い物を頼める唯一の店であり、それだけでいいはずだった。それに物足りなさを覚えるようになったのは、いつからだっただろうか。

変化のきっかけは、やはりあの眼鏡の女学生との出会いだろう。決して治安がいいとは言えないイーストエンドで柄《がら》の悪い連中から助けてやり、偶然にもこの店で再会した折に、少しだけ話をしたのだ。聞けば彼女もダニエルと同じウェールズの出身であるそうで、言葉の端々《はしばし》に残る訛りが郷愁《きょうしゅう》を思い起こさせた。

「ふむ……」

今日の菓子は、いつか食べ損ねた洋ナシのタルトだ。しかし、これもどこか精彩を欠いているように感じられた。スライスして放射状に並べられた洋ナシは厚さがまちまちで並びも歪《ゆが》んでいるし、全体に焼きムラがあって、場所によってはわずかに焦げたような苦みが舌先に残る。マスターにしては珍しいことだった。

「あの……お味はどうですか？」

カウンターの内側からかけられた声に顔を上げると、そこにはマスターの隣に立つ眼鏡の彼女の姿があった。緊張した表情の彼女と、隣に立ってウィンクするマスターの様子を見て、事情を察することができた。

彼女に甘いものを食べているところを見られたのはまずかったが、二人の様子から見るとマスターはダニエルの秘密を全て話したわけではないらしい。

「このタルトは、君が焼いたのかい？」

「はい、そうです！」

「そうだな、マスターの作ったものと比べては酷だろうが、正直に言わせてもらおう。洋ナシの厚みはバラバラ、生地への広げ方も不慣れなのが一目瞭然《いちもくりょうぜん》だ。焼き上げる温度と時間の管理も甘いから、焼きムラや焦げによる不要な苦みが舌に残る」

ダニエルの言葉に、少女の表情が曇っていく。

「やっぱり、ダニエルさんはこんな甘いお菓子、嫌いですよね。あの、ごめんなさい。あたしがマスターに無理を言って、どうしても貴方に食べてもらいたくて……でも、無理して食べなくてもいいです。お皿、お下げしますね」

見るからにしょげた様子で皿を下げようとする少女を、慌てて引き留める。

「待ってくれ。嫌いだなんて、一言も言ってないだろう？」

「え？」

意地の悪い切り出し方をした反省もこめて、感想を口にする。

「懐かしい味がしたよ。ロンドンの洒落たカフェで出されるような、素材に盛り付け、焼き加減に至るまで気を遣ったやつが旨いのは当たり前だ。けど、こういう誰もが家で焼くような、肩肘張らない感じのパイやタルトもいいものさ」

「褒めてもらってる、んですよね？」

「そうさ。よかったら隣に来ないか？　もちろん、マスターの許しが出れば、だが」

「ええ、どうぞ」

期待の視線を向けられたマスターが、苦笑して肩をすくめる。

「あの、失礼します」

少女は見るからに緊張した様子でダニエルの隣に腰掛ける。

「そういえば、きちんと名乗ってなかったな。ダニエル・ワイルドだ」

「あたし、ローザ・アシュベリーです。ロンドン大学の学生です」

「前にも会ったことがあるよな。イーストエンドでよくない連中に絡まれていたから、つい声をかけちまった。あの辺りは治安が悪いから気をつけた方がいい」

「はい、その節はありがとうございました。けど、あのときが初めてじゃないんです。ダニエルさんにはその前にも、助けてもらいました。あの、ロンドン橋で」

「ロンドン橋？　悪いが記憶にないな」

　普段の行動範囲にロンドン橋は含まれない。最後に渡ったのはずいぶん前だった。ローザの見間違い、あるいは人違いではないだろうかと訝しむ。

「当然だと思います。あたし、お礼も言わずに逃げちゃいましたから」

　記憶を探るうちに、ふと目の前の洋ナシのタルトが目に留まった。そして、橋で助けた少女の姿とローザの姿が重なり、彼女の勘違いに思わず微笑んでしまう。

「いや、やっぱり俺たちはロンドン橋では会っていないな」

「え、でも！」

「だが、タワーブリッジで助けた少女なら記憶にある。そうか、あのときの女の子が君だったのか。いつの間にかいなくなってしまったから、失礼ながら幽霊でも助けたのかと思ってしまったよ」

「ええ？　どういうことですか？　タワーブリッジ？」

　混乱するローザと、くすくす笑うマスター。その様子では、話の齟齬《そご》に気付きながら黙っていたのだろう。まったく人が悪いマスターだった。

「よくある勘違いだ。恥じることはない」

　有名な歌にもなったロンドン橋はその知名度に反して、地味な佇まいをしている。そのためか、遠くからもよく見える壮麗《そうれい》な双子の塔と最新式の跳開橋を備えるタワーブリッジをロンドン橋と誤認する観光客は後を絶たないのだ。地理的にも、同じテムズ川に隣り合って架橋されているのが誤解に拍車をかけている。

「あの橋、タワーブリッジって名前なんですね。ロンドン橋じゃないんだ……」

勘違いを恥じるかのように視線を伏せるローザ。

「ロンドン橋の実物を見ると、その地味さにびっくりするぞ」

「はい。今度、見に行ってみます」

「だったら、一緒に行かないか？　ロンドン塔の衛兵なんてやってると道案内を頼まれることも多いからな。ちょっとした観光案内くらいならできるぞ」

「え、そんな、いいんですか？」

「気になってはいたが一人じゃ入れなかったカフェが……いや、なんでもない」

気分が高揚して余計なことを口走りかけた。マスターにも軽くにらまれてしまう。

「あの、楽しみにしてます。それと、助けてくれてありがとうございました」

ほっとしたような表情でお礼の言葉を口にするローザ。

「礼を言うのはこちらの方さ」

ダニエルの言葉に怪訝《けげん》そうな表情をするローザだが、彼女に付き合うという体なら甘いものを頼んでも奇異の視線は向けられない。これならロンドン塔の衛兵としての体面を守りつつ、甘いものを存分に楽しめる。

「他のカフェに行く相談をするのはいいのだけれど」

二人の会話に割りこんだマスターが、冗談めかした口調で言う。

「せめて、マスターのわたしに聞こえないところでしてもらいたいものね」

6

休日の平穏な昼下がり。ランチタイムが終わり、街歩きの合間に休息のため立ち寄る客が増える前の、ぽっかり空いた隙間のようなひとときだ。

カップと皿を洗いながら、明日の日替わりデザートに思いを巡らせる。最近はローザと付き合い始めたダニエルの来店が減り、少しだけ張り合いがなくなっているのも事実だ。どうも、二人でロンドン中のカフェやケーキ屋を巡っているらしい。

カフェ・アルトを訪れる度にお土産と称して大量の菓子を買っていく彼の来店回数が減ったことで、売り上げが減っているのも頭が痛いところだ。いつもの感覚で仕入れをするとやや過剰なので、仕入れにも気を付けなければならない。

「ほんと、カフェの経営者としては失格ね」

思考を巡らせながらも口元に笑みが浮かんでいるのを自覚して、独り言を口にする。皿洗いが終わるのに合わせたようにドアベルが鳴り、来客を告げる。

「いらっしゃい。お好きな席へどうぞ」

ローザとダニエルの姿を期待して振り返るも、訪れたのは若い女の子の二人連れだった。何度か見たことのある顔だ。いつもテーブル席で、恋愛や友人についての他愛ない会話を交わしている。注文を受け、紅茶とケーキの準備にかかる。

手早くサーブを終えて、カウンターの中へ戻る。他に来客はなく、洗い物も片付いている。手持ち無沙汰《ぶさた》になったので、カウンターの内側に隠してある折りたたみのスツールをそっと広げ、そこに体重を預けて休憩を取ることにした。

背の高いスツールなので、注意深く観察しなければカウンターの外からは立っているようにしか見えない。サボっているとは分からないのだ。

女の子たちのうわさ話を聞き流しながら、あの二人は今日もどこかのカフェへ行っているのだろうかと考える。二人ともカフェ・アルトの大切なお客だ。上手くやれているといいが、これればかりは余人がどうこうできるものでもない。

どれだけ魔法が上達しても、否、魔法が上達したからこそ、それだけでは解決できない問題ばかりであることに気付かされる。それどころか、安易に魔法を使ったことで問題がこじれてしまったことも一度や二度ではない。

「大人になったら、お師匠様みたいに上手くやれると思ってたんだけどな……」

カフェ・アルトの経営を始めてから、短くない時が流れた。分別がつく年齢になり、迷いながらも魔法に自分なりの基準とルールを定めて行使するようになった。そうしてみて気付いたのが、必ずしも魔法だけが解決の手段ではない、ということだ。

夢のような魔法は、夢が覚めるように消えてしまう。

魔法がきっかけで繋がれた絆は、結局のところそれなしでは保たれない関係でしかないことも少なくない。そんな関係が壊れかける度に魔法を使って繋ぎ止めていたのでは、誰も幸せになれないことをわたしは知っている。

ドアベルが鳴り、わたしは思索から引き戻される。

「やあ、邪魔するよ」

「こんにちは、マスターさん」

二人並んでカウンターに腰掛けるローザとダニエル。

「いらっしゃい、お二人さん。今日も仲がいいのね？」

冷やかしに余裕の笑みを浮かべるダニエルと、恥ずかしそうに顔を背けるローザは好対照だ。少し見ないうちに、ずいぶん距離も縮まったらしい。

「さて、ご注文は？　今日はキルシュトルテを作ってみたんだけど」

「ドイツ語かい？　どんなお菓子なのかな」

楽しげに目を細めるダニエルに、勢いこんでローザが答える。

「キルシュはドイツ語でサクランボ、ですよね」

「さすが学生さん、物知りね。はい、これどうぞ。お酒だからダニエルさんだけね」

「これは？　香りがいいな」

ショットグラスに注いだ無色透明の酒から、ほのかにサクランボが香る。

「キルシュヴァッサー。サクランボの水って意味の、ドイツ産チェリーブランデーね。ただキルシュとも呼ぶわ。これでクリームに香り付けをして、サクランボの果肉と一緒にココアスポンジで挟んだケーキをキルシュトルテって呼ぶの」

　ローザがショットグラスに顔を近づけて匂いを楽しんだのを見計らって、ダニエルがキルシュヴァッサーを口に含む。意外そうな顔は予想通りだ。

「名前から予想するほど、甘いだけじゃないでしょう？　ドイツの人たちはビールをチェイサーにこれを飲むらしいわ。曰《いわ》く、これは香りのついた水なんですって」

「するする入っていくが、ずいぶん強いな」

「蒸留酒だから、度数はそれなりに高いわね。普通、お菓子に香りをつけるときは熱を加える前だから、アルコールはほとんど飛んじゃうんだけど、キルシュトルテはクリームを作ってからキルシュを加えるから、できあがったケーキにお酒の香りが強く残るのが特徴なの。ローザさんは大丈夫そうかしら？」

　ローザに水を向けると、香りだけでやや紅潮したローザが慌てて答える。

「え、あたしですか？　はい、大丈夫、だと思います」

「無理するなよ。ダメそうなら俺が食べてやる」

「大丈夫よ、もう。えっと、じゃあコーヒーは合いそうなものをお任せします」

「任されました。ちょっと待っててね」

微笑ましいやり取りをする二人をよそに、ケーキとコーヒーを準備する。甘いもの好きを隠す必要がなくなったダニエルは、楽しげでリラックスした様子だ。ローザもダニエルを信頼し、よく表情を見せるようになった。

実を言うと、ダニエルの来店が減ったのと反比例するようにローザの来店は増えていた。彼女はカフェ・アルトを一人で訪れては、わたしの作る菓子を味わい、さりげなくレシピを聞き出そうと話しかけてくるのだ。その様子が健気《けなげ》でかわいらしいので、ついつい言わなくてもいいコツまで教えてしまう。

「はい、どうぞ。キルシュトルテとアインシュペンナーです」

白黒の層の上に、絞り出したクリームと赤いサクランボが飾られたキルシュトルテ、そしてたっぷりとクリームを浮かべたアインシュペンナーを二人にサーブする。

「なるほど、ドイツ語合わせというわけか」

「このクリーム、普段と匂いが違う……？」

「アインシュペンナーに浮かべるホイップにもキルシュを使ったの」

「なるほどな、いただこうか」

「おいしそう。いただきます」

サクランボの風味も豊かな甘いクリームを味わう二人の表情は本当に幸せそうで。そんな二人が見られたのなら、二人のために心を砕いた甲斐もあったというものだ。

老いぼれ炭鉱夫と命の運び手

Old Miner & Life Porter

1

喪服《もふく》を着た元炭鉱夫ことディグ・オールドに初めて出会ったのは、わたしがまだ十二歳のときだった。その頃はまだお師匠さまがいて、わたしは三角帽を頭に乗せた小さな魔女のウェイトレスとして、大きな朱のエプロンとお師匠さまに編みこんでもらったお下げを振り回してお店の中を駆けずり回っていたのだった。

「邪魔すんぜマスター。いつものをくんな」

「一年ぶりね、ディグさん。そう、もうそんな季節なのね」

スツールにどかりと腰を落とした老ディグの前に、黒ビールをたっぷりと注いだパイント・グラスがさっと置かれる。ディグは待ってましたと言わんばかりにグラスを鷲掴《わしづか》みにして傾け、口の周りに付いた泡を拭《ぬぐ》うとぷは、と息をついた。

「っと。品が無くてすまねぇな」

「構わないわ。ほら、アルマ。これをディグさんのとこに」

「はい、お師さま」

普段のカフェ・アルトを訪れる常連客とは少し毛色の違う雰囲気をまとう老ディグ——と言っても当時は五十歳前後だっただろう——に、わたしはフィッシュ＆チップスの皿を届ける。腰掛けてなお目立つ長身と、老木のようにがっしりと深いしわの刻まれた手に視線を奪われていると、わたしの存在に気付いたディグもその大きく澄んだ青い瞳をこちらへ向けてくる。

「おう、可愛い嬢ちゃんじゃねぇか。どっからさらってきた？」

「弟子のアルマよ。ほら、挨拶して」

「初めまして、おじいさん。わたし、アルマっていいます」

ぺこりと頭を下げると、後ろに垂らしていた魔女帽子のとんがりが勢い余ってディグの身体にぺしりと当たる。しかし謝ろうと思って慌てて顔を上げようとしたところで、帽子の上からがしがしと頭を撫でられてしまう。がさつで大きな手。わたしの頭など握りつぶされてしまいそうだと思ったのを今でも覚えている。

「はっは、おじいさんときやがったか。なあマスター、こりゃまたずいぶんと可愛らしい弟子じゃないか。うちの孫どもより躾《しつけ》ができてやがる」

「そりゃどうも」

「しかしなんだな」

ディグはフライを口に放りこむと、顔の前でグラスを揺らしてみせる。

「こりゃほんとに『ポーター』か？　ずいぶん薄いじゃねぇか」

そう言って大袈裟《おおげさ》に顔をしかめるディグに、お師匠さまもまた大袈裟に肩をすくめて半ばほどまで空いた瓶を示してみせる。

「正真正銘、ポーターですよ？　ただし流行りの『マイルド・ポーター』だけれど」

「なんだ、そりゃあ？」

お師匠さまの言葉に、ディグが怪訝そうな顔をする。

「ほら、先の戦争で穀物《こくもつ》の値段が上がったでしょう？　これじゃ儲けが出ないってんで仕方なく薄いのを作ったら、若い人にはそっちの方が人気出ちゃったってわけ。もっと濃いのがお好きなら、アイルランド産を出すけれど」

「ああん、アイルランド産だぁ？　マスターも、わしがじゃがいも野郎の造った酒を好かんのは知っとろうが」

「貴方の目の前にあるそれはなんなのかしらね？」

お師匠さまが、カウンター上の皿に視線をやってさらりと笑う。

対するディグの答えは堂々としたものだった。

「こりゃフィッシュ＆チップスだ。じゃがいも野郎の料理とはワケが違う」

「どう違うんだか」

「旨いもんはイギリス料理、不味いもんはじゃがいも野郎の料理ってな」

冗談なのか本気なのか分からないその言葉に、お師匠さまが天を仰《あお》ぐ。つられてわたしも上を見るが、そこには柔らかに光を投げかける天窓があるだけだった。十月の陽の光は、優しく暖かい。

「とにかく。他に誰も注文しないからわざわざディグさんのために用意した『イングランド産の』ポーターを出してあげてるの。つべこべ文句言わないで飲みなさいな」

「そうかい」

ディグがグラスを空にする。注文するまでもなく、すぐさま代わりのグラスがカウンターに置かれた。空いたグラスはすでに片付けられている。お師匠さまときたら、まるで時間を支配しているかのように最適なタイミングで皿やグラスを並べ、そして片付けてしまうのだ。これぱかりは真似ができない。

「すまねえな。……おっと」

ポケットを探ろうとして、何かに気付いたように手を止める。そんなディグの様子を見て、お師匠さまは薄く笑いを浮かべると、腰に手を当ててわざとらしくため息をついてみせる。

「ここはパブじゃないって、いつになったら覚えてもらえるのかしら？」

一杯ごとに支払いを済ませるのがパブの流儀なのだとは、後で聞いた話だ。

「あと十回も来たら覚えるさ」

「まだ十年も生きるつもりなの？」

そんな遠慮のないやり取りに、最初は少しひやひやしたものだ。しかし、それがデイグにとって最も心地よい距離感と空気なのだということに気付くまで、そう時間はいらなかった。ちょっと荒っぽくて、声が大きく、とても優しく、恥ずかしがり屋な元炭鉱夫。ディグ・オールドはそんな男だった。

「しかしなぁ」

ディグは嘆息と共にグラスをもてあそぶ。

「年々ポーターが薄くなってくってのはさみしいもんだ」

「思い出って、そういうものよ」

空になったフィッシュ&チップスの皿が下げられ、代わりにウナギのゼリー寄せが置かれる。添えられたフォークは見慣れたシンプルな銀製のものだったが、スプーンはなぜか木製だった。その妙な取り合わせを不思議に思い、わたしはつい疑問を口にしてしまう。

「お師さま」

「なあに？」

「あの、スプーン、洗って仕舞ってありますけど……」

「余計な口を挟まないの」

わたしを叱るお師匠さまが子供のように口を尖らせる様子を見て、今度は老ディグが豪快に笑う。

「はっは。マスターよう、可愛い弟子をそんな邪険にしてやるなよ。……ほら、魔女の嬢ちゃん。こっちに来てよく見てみな」

お師匠さまがうなずくのを見て、わたしはカウンターの向こうに回る。ディグの大きな手に収まっているといかにも小さく見える木のスプーンには、素朴だが力強い彫刻が施《ほどこ》されていた。

「こいつぁウェールズの伝統でな。ラブスプーンってんだ。ほんとは飾っておくもんなんだが、まあ、年に一回だからな。ほら、見えるか？」

スプーンの持ち手に刻まれているモチーフは三つ。ハート、蹄鉄《ていてつ》、そして竜の意匠《いしょう》だ。共通点の見出《みいだ》せない、不思議な組み合わせだった。そんな気持ちが顔に出ていたのだろう。ディグは解説の言葉を加えてくれる。

「モチーフにはそれぞれ意味があるんだ。ハートが愛、蹄鉄は幸運、赤竜ならウェールズのシンボルってな具合にな。男は自分の気持ちに添った装飾を考えて、自分の手で彫ったスプーンを愛する女に渡すってわけだ」

「……ロマンチックなのね」

なら、このスプーンは誰から誰に贈られたものなのだろう。もしかしたら、若かりし日のディグがお師匠さまに贈ったものだったりするのだろうか。そんな想像は、ディグの苦笑混じりの言葉で否定される。

「おっと、勘違いするなよ嬢ちゃん。こいつはわしが彫ったもんじゃねぇ。手先の器用なわしの親友が彫って、そんでマスターに贈ったもんだ。はっは、やつめ、ずいぶん高望みしやがったもんだ」

「へえ……？」

いつだってひょうひょうと涼やかな雰囲気を漂わせているお師匠さまにも、そんなラブロマンスがあったのだと思うと、少し不思議な気分に包まれる。

「おっ、目を輝かせちまって。嬢ちゃんもいっちょまえのレディ、ってわけだ。ああ、一世一代、見るも無様《ぶざま》な愛の告白の結果が聴きたいかい？　聴きたいだろ？　ああ、もちろん、ふられた。ったく、この店にゃ一年に一回か二回しかこれねぇんだからやめとけって忠告してやったのによ、ポーターの野郎ときたら、死ぬまで女の扱いが下手な奴だったよ」

わたしはディグの言葉にふと疑問を抱き、お師匠さまを見上げる。

それを察したお師匠さまが、先回りして答えてくれた。

「ポーターさんは、ディグさんの親友だった人よ」

だった、という言い回しでわたしは察する。

老ディグが似合わない喪服を身に着けている理由にも。

そんなわたしの様子を見て取り、ディグはわたしの頭を乱暴に撫でるのだった。

「そんな顔するない。やつはもういないが、後悔を残すような死に方はしちゃいねえ。……そうだな、嬢ちゃん。いい機会だ。あいつのことを忘れちまわないように、思い出話に付き合ってくれるかい？　たまには話してやらねぇと、このポンコツな頭は親友との思い出すら忘れちまうんだよ」

ディグはそう言ってわたしの頭から手をどかしたかと思うと、猫でも持ち上げるかのようにひょいとわたしを持ち上げ、自分の隣のスツールに座らせるのだった。スツールはお客様のもの。そう教えられていた私は、そっとお師匠さまの顔を伺う。

お師匠さまは、仕方ない、とでも言いたげにうなずいてくれた。わたしはようやく安心して、若き日のディグとポーターが繰り広げた数々の心躍る武勇伝に聴き入ることができるのだった。

2

地に潜《もぐ》る者だけが、太陽の光のありがたさを真に知ることとなる。暗い坑道の中、幾日もランプで過ごした身には、目蓋《まぶた》を通してさえ感じられるその光は暴力的ですらあった。そう、ディグ・オールドはがっしりとした背中の上で、目蓋の裏に太陽の光を感じて覚醒したのだった。

「ん……げほっ」

粉塵《ふんじん》と渇きで上手く発声できず、咳きこむ。

「気付いたかい？　もう少しだ、頑張れよ」

汗にまみれたその男が、ディグを揺すり上げながらも話しかけてくる。

それが、ディグ・オールドとジョーンズ・ポーターの出会いだった。

「ほら、水だ。ゆっくり飲め。気つけのウィスキーもありゃいいんだが……そうだ、腹は減ってるか？　パンでももらってくるか？」

坑道から少し離れた場所に張られたテントでディグを下ろすと、ポーターは甲斐甲斐しく世話を焼き始める。熊のように大きな身体が落ち着きなく動き回る様はユーモラスで、ディグは思わず微笑を誘われてしまう。

「なあ……」

「ん？」

振り返った顔は、美男と呼ぶに値するものだった。

この辺では見ない、粉塵にまみれて煤《すす》けていない男の顔。

「あんたが助けてくれたのかい？」

「そうさ。無事でよかったな」

徐々に記憶が甦《よみがえ》ってくる。そう、自分は落盤事故に巻きこまれたのだとディグは思い出す。事故が起きてどれくらい経ったのか。大勢の炭鉱夫仲間と一緒に閉じ込められて衰弱していたところまでは記憶がある。

その後の記憶は朦朧《もうろう》としていたが、状況を考えればこの男が自分を背負って太陽の下まで引き上げてくれたのだろう、とは推測できた。

ただわからないのは、彼が炭鉱夫ではなく郵便配達人の格好をしていること、そして一度も見たことない顔であることだ。ディグの知っている郵便配達人は、老齢でとても炭鉱の中からディグを引っ張り上げられるような人物ではなかった。

「あんた、名前は？」

「俺かい？　俺の名前はジョーンズ・ポーター。新しくこの辺りを担当することになった、しがない郵便配達人さ。よろしくな」

男は快活に答える。自分を指差すその仕草さえどことなく洒脱《しゃだつ》を感じさせる男だった。そして、思い当たる。

「ポーター。じゃあんた、ジョーンズ・メールポーターの？」

「手紙運びのジョーンズは親父さ。ところで、あんたの名は？」

「ディグ・オールド」

「なるほど。老け顔のディグってわけだな」

「うるせぇよ、ジョーンズ・ライフポーター」

感謝をこめた呼びかけに、男が精悍な笑みを浮かべる。

よくよく話を聞いてみれば、腰を悪くした父親の仕事を引き継いでの初仕事で鉱山を訪れたのがちょうど落盤事故発生直後のことだったらしい。何人もの炭鉱夫が閉じこめられていると知ったポーターはそのまま仕事をほっぽり出して救助に加わり、誰よりも精力的かつ勇敢に働いて何人もの人間を救い出したのだという。


命の運び手、ライフポーター。

そんな綽名《あだな》を献上《けんじょう》されたロンドン帰りの伊達男《だておとこ》が炭鉱夫たちに仲間の一員として愛されるようになるまで、それほど時間はかからなかった。賭けごとに滅法強く、その美声で吟遊詩人《ぎんゆうしじん》顔負けの歌を響かせ酒場を沸かし、仲間のためとあらば誰よりも献身的に身体を張り、へまをやらかしては女に振られ、飲めない酒を飲んでは酔い潰れる彼の愛すべき人柄を嫌う者は一人もいなかった。

愉快な、とても愉快な日々だった。

＊

そして十年が経った。渦中に身を置いていれば酷く長く思えるが、過ぎてみればあっという間だったような、そんな日々だったように思う。

時代は移り変わり、その間も石炭の需要は増減こそすれ、決してなくなることはなかった。ディグはそれなりに出世して部下を任される立場となり、ポーターは鉱山で働く人々とそれぞれの故郷を繋ぐ窓口としての郵便配達人の仕事を、持ち前の体力と陽気さでひょうひょうと務めていた。

「ポーターよぉ」

「なんだよ、ディグ」

その日、郵便配達の仕事を終えたポーターはそのまま鉱山に留まり、ディグたちと一緒にパブで夕食を取りつつ酒を酌《く》み交わしていた。

もっとも、ポーターの前に置かれているマグカップの中身は酒ではなくコーヒーだ。このパブのまずいコーヒーを注文するのは、最初に注文して懲りる新参者を除けばこの十年間というもの酒が呑めないこいつしかいない。

「聞きたいことがあるんだが、いいか？」

「なんだ、改まって。らしくないぞディグ」

「いや、大したことじゃないんだが……お前さん、あの落盤事故を覚えてるか？」

「ん？　ああ」

「お前さんはあのとき、別に見返りが期待できるわけでもねぇってのに命懸けで俺たちの救助に加わってただろ？」

「そうだったか？」

「そうだよ。そんでだ。いまさら聞くのもなんだが、ありゃなんでだったんだ？　当時のお前さんは、鉱山に知り合いがいたってわけでもねぇだろ？　それなのに命を懸けて、大した報酬も期待できない救助に参加したのはなんでだ？　いや、助けてもらった恩は忘れちゃいねぇんだが、よくよく考えたらどうにも気になっちまってよ」

なぜか言い訳めいてしまった質問に、ポーターは当たり前のように答える。

「決まってるだろ、お前を助けるためさ」

「あ？　そりゃ順序が逆だろうが」

いまでこそ親友と呼べる仲だが、ディグとポーターが知り合ったのはあの落盤事故がきっかけだ。それなのに落盤事故の際に身を挺《てい》してディグを救ったのがディグのため、では道理が通らない。しかしディグの追及に対して、ポーターはおおらかに笑ってみせるだけだった。

「正直に言えば、忘れちまったよ。もう十年前のことだしな。まあ、別にいいだろ。それよりコーヒーでも飲んで落ち着けよ」

「んな泥水飲めるかよ」

「泥水とは失敬な。芳醇《ほうじゅん》な香り、味わい深い苦み、気分を高揚させるカフェイン。コーヒーはこの世で最も優れた飲み物だよ」

「仮にその言葉が本当だとして、このボロっちい酒場の粗悪な豆で作ったうっすい煮汁にゃ当てはまらないと思うけどな。ていうか、お前さん、以前は紅茶だのミルクだのレモネードだのって頼んでたじゃねぇか。いつからコーヒー党になった」

「ん、んん。そうだったかな」

わざとらしい咳払いでごまかそうとするポーター。

「ははん。さてはあれか。ロンドンに繰り出したときに一目ぼれしただのなんだのって騒いでたカフェのマスター。あの子に告白でもしたんだろ。で、見事に撃沈したはいいものの忘れるに忘れられず、未練がましくこんなクソまずいコーヒーを飲んで彼女のことを思い出している、と」

　カマかけの効果は、てきめんだった。

「な、なんのことだ。そのような不純な動機で俺は……！」

「不純、ときたもんだ」

　二人のやり取りに、周囲で会話を聞いていた人間も笑う。ディグはそれに憤慨《ふんがい》した様子でカウンターから離れようとするポーターの肩を掴んで引き止め、軽く背中を叩いてなだめてやる。

　腹の底に響く、嫌な――鉱山関係者なら誰もが思わず顔をしかめるような――音がその場にいた全ての人間を沈黙させたのは、その直後だった。

「おい、今のって」

「落盤か？」

「ここまで聞こえるなんて、でけぇな」

　沈黙から立ち直った男たちが、まるで誰かに聞かれるのを恐れるかのように小声で囁き交わす中、ポーターは常と変らぬ口調でディグに問いかける。

「なあディグ、この時間帯、メイヤーの野郎が潜ってんじゃないか？」

「あ、ああ、そうだな」

「エヴァンズのバカと、ジョン坊や。あの二人もじゃないか？」

「そうだな、くそっ。無事だといいんだが」

思えば、その時点で気付くべきだったのだ。知り合いでもない人間のために命を懸けるような人間が、知り合いや友人の命が危険に晒されたとき、どうするのか。ポーターは、おどけた口調で言い放つのだった。

「そうか……なんてこった、あいつらには賭けの貸しがあるんだ。こりゃどうも、取り立てに行かないといかんようだな」

「ポーター、お前まさか……おい待てよ！」

ポーターはいっそ陽気とも取れる口調で言い放つと、勢いよく立ち上がって酒場の出口に向かった。ディグも慌ててその後を追う。

時刻は夕飯時で、みんな酒が入っている。軽率に坑道へ踏みこめば自分も巻きこまれる可能性があった。いかにポーターと言えど一人でやれることには限界がある。ついつい忘れてしまうが、そもそもあいつは素人なのだ。

「ポーター、どこだ！　くそっ、暗いな。どこ行きやがった！」

決まっている。奴は坑道へ向かったのだ。

ジョーンズ・ライフポーターはそういう男だ。落盤事故という非常事態を前にして奇妙な興奮に声を押し殺す人々を横目に坑道の側へ急ぎ向かうと、作業長のカムバックが銅鑼声《どらごえ》を張り上げているのが聞こえてくる。

「いいからさっさと全員叩き起こせ！　酔っぱらってる野郎にゃ水をしこたま飲ませてアルコール抜け！　使える野郎どもは数が集まったらまずは坑道内の状況把握だ！　おいそこの、ちょっと待て！　お前中から出てきたな、話聞かせろ！　あん？　なんだ怪我してんじゃねぇか！　こんなとこでうろちょろしてねぇでバッカゲイン先生のとこ行ってこい！　おう、さっさとするんだ！」

「カムバックの親父！」

　カムバック作業長が振り返る。使い古したシャベルのような顔が、苦く歪んでいる。それだけで、容易ならざる事態が進行しているのだと知れた。

「ディグか！　どうした！」

「ポーターを見やせんでしたか！」

「……バカ野郎、どうしてお前が引き留めなかった！」

「ってこたぁ……！」

「もう突っこんでっちまったよ！　おっと待てよ、いいか、これ以上俺さまに面倒事を押し付けんじゃねぇ。お前にゃこれから来るやつをまとめて作業に当たってもらう。俺さまの指示があるまでそこで待機だ。暇なら中から出てくるやつの話を聴いて、要点だけまとめて報告しろ！」

「ちっ……わかったよ！」

それから三日は、一睡《いっすい》もできない修羅場だった。一人で坑道に突っこんだ親友のことを気にはかけつつも、ディグは目の前の仕事に忙殺《ぼうさつ》され続けた。不安定な地盤はその後も度々崩れ、その度に犠牲者は数を増やしていった。ディグは自分の下に付いた男たちの命を守るので精一杯だった。

酷い事故だった。原因は分かっている。増産に次ぐ増産を迫られ、今までは見込みが薄いか危険に見合わないとして放置されていた方面まで坑道を延ばし、足りない人出は経験の浅い人間を大量に雇って補う中での出来事だったのだ。

死者三十六人、行方不明者五十人、負傷者多数。

ディグは負傷者に、ポーターは行方不明者にカウントされた。

このとき足を悪くし、仕事に嫌気も差したディグは炭鉱夫を止めた。

楽しかった日々の、それが結末だ。

楽しかった日々、そして友を失った悲しみ。どこにでもある、その人だけが抱える傷。軽妙な語り口で話し終えるまでに五杯のポーターを干したディグは、深いため息をつくと疲れたように天を仰ぐ。

「……ついつい余計なことまで話しちまったな。適当なとこにしとくつもりが、すまねぇな、嬢ちゃん」

わたしは黙って首を振った。ひとつ、考えがあったからだ。

「また来年、この時期に来るぜ」

老ディグはあっさり席を立つと、そのまま店を後にした。お師匠さまも淡々としたもので、特に何も言うことなくジョッキを片付けると仕事に戻ってしまう。わたしは閉店を待って、戸締りと掃除を終えてから、カウンターの向こうで明日の仕込みをするお師匠さまに切り出した。

3

「お師さま」

「なあに、アルマ」

お師匠さまは手元から顔も上げずに聞き返す。

わたしは少しだけ怯《ひる》みそうになり、それでも勇を振るって言葉を継いだ。

「ディグさんの、ことです」

「うん」

「どうして、助けてあげないんですか？」

「助けるって？」

微笑みすら浮かべ、わざとらしく首を傾げるお師匠さまに、わたしは苛立ち混じりの言葉をぶつけてしまう。

「お師さまなら、お師さまの魔法なら、ポーターさんを救えます」

「うん、そうだね」

「それなのに、なんで？　ディグさんがかわいそうじゃないんですか？」

「アルマ」

「はい」

「それがどういうことか、貴方は本当に理解してる？」

何気ない調子の、淡々とした問いかけ。

わたしは必死に頭を働かせ、正しいと思える言葉を紡ぐ。

「何日も時間が経ってから巻き戻すのは大変だってことは知ってます。けど、それで多くの人の命が助かるのなら。お願いです、師匠。ディグさんとポーターさんを助けてあげて下さい！」

頭を下げるわたしを、お師匠さまはどんな目で見ていたのだろうか。

お師匠さまは深く、深くため息をつき、そして言った。

「アルマ。貴方がなんにも理解していないことは分かったわ」

「え？」

「十年、よ」

「……？」

「落盤事故は、十年前の出来事なの」

それがどういうことなのか、わたしは知っている。世界を十年巻き戻せば、お師匠さまも、わたしも、同じく十年を遡《さかのぼ》ることになる。そのとき、わたしは。

「分かる？　運命を変えるためには、十年を巻き戻さないといけないの。巻き戻した時間が長くなればなるほど、可能性は枝分かれしていくことは教えたわね？　仮にディグさんの抱える問題は解決できたとしても、貴方とわたしが再び師弟関係を結べるとは限らない。いいえ、決して結べないと言い切ってもいいでしょうね」

「十年、前……」

言われてみれば、老ディグはポーターがいつ死んだのかについて言及していなかった。わたしはディグが喪服を着ていることから、つい最近のことなのだと勘違いしていた。だが、そうではなかった。十年。十二歳のわたしにとって、それはあまりに長過ぎる時間だった。

「問題はそれだけじゃない。鉱山とは関係のない、部外者のわたしが突然訪れて話をまともに聞いてもらえるとは思えないし、まだ起きてもいない落盤事故を鉱山の人に信じさせる方法もない。ねえアルマ、貴方は何かいいアイデアがあってわたしにそれをやれと言っているの？」

わたしは、首を横に振ることしか、できなかった。

「それにね、悲劇はいつだってどこだって起こってるものなの」

そう口にするお師匠さまは酷く悲しそうで。

「わたしが何かしても、しなくても、悲劇は起こる。わたしは運命を変えられるけれど、変えた先で新たな悲劇が起きることまでは止められない。ねえ、アルマ、わたしは誰を救って、誰を見捨てればいいの？　運命を変えて、誰かを救ったことで起きる新たな悲劇を、わたしはどうすればいいの？」

そこにいるのは、自分より上位の存在から難題を突き付けられて立ちすくむ少女のような人だった。

「わたしは、神さまじゃない。アルマ、わたしの可愛い弟子。わたしがどうすればいいのか、もし貴方が知っているのなら、わたしに教えてくれないかしら」

答えなど、返しようもない。

わたしは、どうしようもなく浅はかだった。

「ねえ、アルマ。覚えておきなさい」

いつの間にか側に立っていたお師匠さまが、わたしを抱きしめてくれる。

「夢がいつか冷めるように。魔法はいつか解けるものなの」

「……ふっ、くっ」

わたしは、魔法を知っていると息巻くだけの少女だった。

それはもしかしたら、お師匠さまも同じだったのかも知れない。

「アルマ、わたしは貴方を特別に思っているわ」

ときに冷酷とも見えるお師匠さまの身体が酷く温かいことを、わたしは知っている。

「だから、わたしが貴方を他の人より大事にすることを、許してくれる？」

否定など、できるはずもなかった。

4

そしてお師匠さまがいなくなった今も、老ディグは年に一回のカフェ・アルト来訪を欠かさない。もう九十歳に届こうという年齢のはずだが、とてもその年齢には見えず若々しい姿を見せてくれるのが常だった。今年もきっと来てくれるはずだ。

からんからん、とカウベルの鳴る音にわたしは視線を上げる。老ディグがもう来たのかと慌てるが、そこに立っていたのは配達人のトムだった。

「やあ、アルマさん。注文の品を持ってきたよ」

「ありがとう、トム君。はい、これ」

彼が愛用の革カバンから取り出したのは一本の酒瓶だ。わたしは代金と引き換えにそれを受け取り、後ろの戸棚に安置する。今日のためにわざわざ用意したものだから、万一割ってしまったりしようものなら替えが利かない。

トムはにこりと笑うと颯爽と駆けていってしまう。年齢を重ね、人を使う立場になってもカフェ・アルトへの配達だけは自分が行くのだと言い張って聞かないのだとは、彼の奥さんから聞いた話だ。

老ディグがいつも通りの喪服に身を包んで店を訪れたのは、それからしばらくしてからだった。昔ながらの仕立てのいい喪服は、本人の風格とも相まって独特の存在感を周囲の人間に感じさせる。

「ったく、堅っ苦しい格好してると肩が凝っちまうぜ」

ステッキをカウンターの端に引っ掛け、ネクタイを緩める老ディグ。

「っと、相変わらず行儀が悪くてすまねぇな」

さして悪いとも思っていなさそうな顔で、ディグが口の端に笑みを浮かべる。

「いいえ、構いませんわ」

「じゃ、お言葉に甘えるぜ。いつもの、頼む」

「ええ」

今日のためにトムに配達してもらった瓶を開ける。中身は黒エールだ。焦げた麦芽《ばくが》の独特な臭いが鼻腔に届くのを感じながら、ジョッキに注いでカウンターに置く。さて、いつもとの違いに気付いてもらえるだろうか。

「おう、これだよこれ」

老ディグがジョッキをあおる。ごくり、ごくりと喉を鳴らして飲む様子はいかにも旨そうだ。しかし、ジョッキを下ろした彼はしきりと首を捻《ひね》っている。旨いが、どうも引っ掛かるような気分がして仕方がない。そんな顔だ。

「どうかなさいました？」

「どうも、いつもより濃い気が……嬢ちゃん、一体どんな魔法を使ったんだい？」

「魔法なんて、使ってませんよ。この味、覚えがありませんか？」

その言葉で、老ディグは思い出す。

そう、これはまだ彼が若かりしころの味を再現したものなのだ。

「ああ、そうか。こりゃ、俺たちが若い時分の……」

「ねえディグさん。イングランドでのポーターの製造が終了するって話はご存じ？」

「ん？　ああ、知ってるさ。いまどきの若いもんはエールを好まないんだってな」

「そう、それでね。もう最後だから、昔飲んだ懐かしい味を再現しようって昔の製造法を忠実に守って限定生産されたうちの一本が、これなの」

カウンターに酒瓶を置く。ラベルに記されているのは『オールド・ポーター』の銘。

「ほほう、オールド・ポーターね。ふん、こりゃいい。奴との思い出を偲《しの》ぶにはぴったりの名前じゃねぇか」

「そう、そう思って」

「ありがとうよ、嬢ちゃん……歳を取ると、涙もろくなっていけねぇやな」

老ディグは喪服の袖《そで》で乱暴に涙を拭う。

「ううん」

お師匠さまがいなくなってからもずっと、ディグにはポーターを出し続けてきた。

もちろん、彼が唯一ポーターと認める『イングランド産の』ポーターだ。

けど、それも今年で終わりとなる。イングランド国内の醸造所《じょうぞうじょ》は閉鎖され、来年からはアイルランド産か大陸産のものを仕入れるしかなくなるからだ。寂しいけれど、商売として成り立たないのでは仕方がなかった。

だからこそ、今年はそれだけでは終わらせたくなかった。

早速空っぽになったジョッキを前に、わたしはひとつの提案をする。

「ね、ディグさん」

「なんだい、嬢ちゃん」

「次の一杯は、わたしに任せていただけない？」

「お？　構わんぞ」

「ありがとう」

用意するのはエスプレッソだ。極上の深煎り豆を、挽き立ての香り高いままにモカ・ポットへ投入し、二杯分を淹れる。できたエスプレッソを半分ほどジョッキに流しこみ、その上からオールド・ポーターを注いでいく。炭酸が抜けないよう軽く混ぜて、泡を整えればできあがりだ。

「さ、どうぞ」

「これは……ポーターにコーヒーを混ぜたのか？　わしはポーターの奴とは違ってコ

ーヒーは苦手なんだがな」

「そんなこと言わずに」

「ま、嬢ちゃんの頼みじゃ断れねぇ。いただくぜ」

口ではそう言いつつも顔をしかめて飲み始めた老ディグの表情が、驚きを示すものへとみるみる変わっていくさまはちょっとした見物だった。実はぶっつけ本番、初めて作るカクテルだったのだが、結果は成功のようだ。

「こりゃ……うめえ。あいにく学がないもんだからうまく言い表せねぇが、とにかくうめえ。コーヒーなんて飲めたもんじゃねぇと思ってたが、こいつは別だ。名前は、なんてんだ？」

「名前は、まだないの」

「あん？」

「ポーターさんをイメージして、わたしが創ったカクテルなの」

「……ポーターを？」

「そう。だから、このカクテルの名前はコーヒーエール『ライフポーター』と名付けたいと思うのだけど……その前に、ディグさんのお許しをいただきたいと思って」

「……おお、おお！」

「どうかしら？」

「もちろんだ！　使ってやってくれ！　あの人の弟子が作ってくれたカクテルに自分の名前がつくなら、あいつも喜ぶにちげぇねぇ！」

「……よかった！」

安堵に、思わず涙がこぼれそうになる。

怒られたら、どうしよう。気に入ってもらえなかったら、どうしよう。普通の黒エールで試作してある程度の自信は持っていたが、一抹《いちまつ》の心配は拭えなかったのだ。それも、今の言葉でようやく消えてくれた。オリジナルカクテル『ライフポーター』が、いまここに誕生したのだ。

「ねぇ、ディグさん。わたしも一杯いただいて、いい？」

「当然だ！　飲んでやってくれよ」

「ありがとう」

残っていたエスプレッソで、自分用のライフポーターを小さめのグラスにフィルアップしていく。苦みと香ばしさを特徴とする黒エールは、元々コーヒーとの相性がいいのだ。真っ黒な液体は艶《つや》めく石炭を思わせ、香りとコクが深く複雑に絡み合って鼻へ抜け、フルーティーさに苦みが加わる。

「ポーターさんに」「ポーターに」「お師さまに」

「嬢ちゃんのお師匠さんに」

二度、かちりと打ち合わせ。
わたしは、ライフポーターのグラスを勢いよく傾けた。

深煎りの魔女と夢幻の蝶

Deep Roasted Witch Dreams of Butterfly

1

時には夏の雨に打たれてみるのも悪くない。けど凍えるように冷たい冬の雨に打たれている人を見たなら一杯のコーヒーを振る舞ってやりなさい――とはお師匠さまの言葉だっただろうか。十二月のロンドンを覆う陰鬱な鉛色《なまり》の雲が吹き払われる気配はなく、雨は朝からずっと降り続けている。

幸いなことに、カフェ・アルトを訪れるお客の中に冬の雨に打たれる羽目になった人間はいなかったらしい。カウベルは夕方から閉店まで沈黙を保ち、窓を叩く雨音が自分以外に音を立てる者のいない店内に空しく響く。

「――ふぁ、あ」

カウンターにうつぶせるようにして、わたしはあくびをする。あまりにヒマなので、普段使わない食器を磨いたり、新しいレシピを考えたり、それを実際に試してみたりした挙げ句、やることがなくなってカウンター内の小さなスツールに腰を下ろして小一時間。うとうとしているところを見られなかった、という意味ではお客が一人も訪れないのは幸運だったのかも知れない。きっと、試作したチョコとアーモンドのトルテを食べ過ぎたのがよくなかったのだ。

「今日はもう、ダメねぇ」

　ポケットから取り出した真鍮《しんちゅう》の鍵を、手の中でもてあそぶ。摩耗した猫の瞳が灯《あか》りを照り返し、不思議な魅力を湛えてわたしを見返す。その気取った横顔を見ていると、ブルームズベリーの顔役と呼ばれたルシアのことを思い出す。丁寧に整えられた灰色の毛並みと、思慮深げな翡翠《ひすい》の瞳。彼女の姿を見なくなって久しいが、彼女の血を継ぐ子供たちは今なおブルームズベリーで澄ました顔をしている。

「この子ともずいぶん長い付き合いになるものね」

　お師匠さまからいただいた大切な鍵だ。折れたり曲がったりしてしまう前にお役目を終わらせてあげようと思って、一か月ほど前に馴染みの錠前屋さんに新調を依頼してあった。代替わりしたばかりとのことで出迎えてくれたのは三十そこそこの若い職人だったが、先代の作品なのだと知ったときの緊張感と対抗心に引き締まった顔を見て、頼むことを決めたのだ。

「いや、いいもんを見せていただきました。先代がこんな仕事をするなんて知りませんでしたしね。いいでしょう、任せて下さい。きっと先代にも負けないものを作ってお渡ししますよ」

　彼はそんな風に言っていた。胸をどんと叩く、その気負った顔が妙に可笑《おか》しかったのを覚えている。実はいま使っている鍵自体、先々代が亡くなってすぐ——つまり先代が後を継いだ矢先に製作を依頼した鍵と錠なのだと聞いている。お師匠さまと先代さんも同じような会話を交わしたのかと想像すると、少し楽しい。

「ま、お終いにしましょうか」

軽く勢いを付けて立ち上がり、両手を組んで伸びをする。明日の仕込みは終わっているので、片付けもさほど時間はかからない。シャッターを下ろして、鎧戸《よろいど》も締める。床は夕方に軽く掃除したまま綺麗なので、テーブルや椅子はそのままにしていいだろう。最近は上げ下ろしも身体に応えるようになった。

入り口の脇に置かれたカフェ・アルトのシンボル『魔女の一休み』のコートスタンドから真っ赤なロングコートを手に取る。勢いあまって落ちそうになる色褪《あ》せた三角帽を天辺にかけ直してからコートに腕を通す。記憶の中にあるお師匠さまのものに瓜《うり》二つだったので、ちょっと似合わないかなと思いつつも買ってしまったものだ。

「うん、かわいい」

お客用のコートスタンドの側には小さな鏡がかかっている。お師匠さまは赤が大好きで、赤いものを好んでいつも身に着けていた。その姿がとても可愛らしくて、いつの間にかわたしもそうするようになって、もうどれくらいになるだろうか。

わたし自身は落ち着いたブルーやブラウンを基調としたファッションも好きなのだが、年齢を重ねるに連れて赤の良さが分かってきて、それもまた自分がお師匠さまに近づいた証にも思えて、無性《むしょう》に嬉しかった。

「えっと、忘れ物はないかしら……」

五月病の季節でもなかろうに、ここのところ忘れ物が多い。そんなところまでお師匠さまに似なくてもいいだろうと思うのだが、一人でやっているお店なので自分で気を付けるしかない。独り言は、意識して口に出すようにすると忘れ物やうっかりがなくなるというお師匠さまの教えを守っているうちに癖になったものだが、最近になってその大切さを実感するようになった。

「…………」

なぜだろう。最近、昔のことをよく思い出す。そういえば、カフェ・アルトを初めて訪れた日も、今日のような凍える冬の夜だったことも思い出す。両親を亡くし、行く当てもないまま夜のロンドンを一人でさまよう没落貴族の娘だったわたしがカフェ・アルトを訪れるという偶然がなければ、今のわたしは決してなかっただろう。

あの夜に振る舞ってもらった一杯のことは忘れようもない。冷たい手にカップから じわりと熱が移り、感覚が溶け出すようなあの瞬間。寒いのは好きではないが、寒い日の温かい飲み物は大好物だ。帰ったらホットミルクでも作ろうと決める。

「雪にならないといいのだけど」

雪そのものには何の恨《うら》みもないが、雪の日でいい思い出はそれほど多くはない。日本土産にともらった、朱に紅葉《もみじ》をあしらった唐傘《からかさ》を片手に提げて裏口から真夜中のロンドンへと一歩を踏み出す。

「ああ、寒い……」

雨はいつの間にかみぞれへと変わって石畳を叩いていた。道理で冷えるはずだと納得し、後ろ手に扉を閉める。小さなひさしの下で鍵穴に鍵を差しこみ、軽く力を入れて回した。擦れるような金属音と、わずかな引っかかり。扉に付いた錠前それ自体も見てもらった方がいいだろうかと思案しかけ、足元からブーツを通して這い上がるような寒さに身体を震わせる。

「……風邪引いちゃうわね」

こんな日は、早く帰ってホットミルクでも飲んでさっさと寝てしまうに限る。体調を悪くした人間のする料理ほどまずいものはない――これもお師匠さまの教えだ。わたしは唐傘を広げ、家へと向けて歩き出そうとして――ふと足を止める。

「…………？」

不思議な予感に導かれ、ゆっくりと振り返り、わたしはそれを――その子を見つけた。そして、気付いたときには踵《きびす》を返してそちらへと歩き出していた。上品な紺色のピーコートに両手を突っ込み、革のブーツとハイソックスで石畳を踏みしめ、震えながらもみぞれの降る夜空を見上げる少女には不思議と既視感《きしかん》があった。冬の雨の中、傘も差さずに歩いてきたのか、肩まで届く髪とコートはしっとりと濡れている。

「ねえ、そこのお嬢さん――」

猫に声をかけるつもりで、驚かさないようにゆっくりとした調子を心がけて。

「――もしよかったら、わたしのお店でコーヒーでもいかがかしら？」

2

頭上に傘を差しかけるわたしを、少女は上目遣いで不思議そうに見上げる。

少女は声をかけられたことにびっくりした様子だったが、ゆっくりと振り向いてわずかに首を傾げる仕草には欠片ほどの警戒心も感じられない。それひとつとっても、彼女の育ちの良さが見て取れる。

「貴方、わたしとお知り合いだったかしら？」

少し背伸びした感じの、丁寧でゆったりとした発声。

アクセントからは、彼女が上流階級の育ちであることが読み取れる。

「さあ……でもね、雨に濡れるお嬢さんを放ってはおけないでしょう？」

「ありがとう、お気持ちは嬉しいわ。でも、わたしお金を持ってないの」

少女は微笑み、おどけた様子でコートのすそをつまんでみせる。

わたしは、腰を折って目線を合わせることで応える。

「お嬢さんは、お友達とお茶をするのにお金を取るのかしら？」

「いいえ――」

少女はゆるゆると首を振る。

「――けど、わたしと貴方はお友達じゃないわ」

「そうね。そして友達には『なる』ものだと、わたしはお師匠さまから教わったわ。よかったら、わたしのお友達になってもらえないかしら」

少女は断る理由を探すように目を伏せる。

「でも、わたしと貴方は歳がすごく離れているわ」

「いけないかしら？」

「変じゃないかしら」

「どうして？」

「わかんない……どうしてだろう」

唇を引き結び、目を細めるその瞬間。

大人ぶった仮面が剥《は》がれて、少女の素の口調が顔を出す。

考えこむさまの可愛らしさに、映画のセリフをふと思い出してしまう。

「考えるな、感じるんだ――ってね」

「えっ？」

「映画はご覧にならないの？」

「俗っぽい映画はダメって、お母さまが」

「そうなの？　でも、とてもいい言葉だと思わない？」

「……考えちゃダメってこと？」

「う－ん、どうなのかしらね。わたしは、考えた方がいいものと、感じた方がいいものがある、ってことだと思うのだけれど」

「友達は、感じるもの？」

「どっちだと思う？」

「……えっと」

「わたしは、こうしてお話をしていて楽しいわ。お嬢さんはどうかしら？」

「楽しい……のかしら。わからないわ」

少女は足元に目を落とし、ブーツの爪先で軽く地面を蹴る。みぞれはいつの間にか本格的な雪に変わり、石畳を薄く覆い始めていた。くしゅん、と控えめなくしゃみをした少女が身体を震わせる。わたしも、立ち話をしている内にすっかり身体が冷えてしまったことに気付く。

「あったかいものが、飲みたいわね？」

「……うん、そうね」

「ここはわたしのお店なんだけれど」

振り返って、背後のカフェ・アルトを視線で示す。

「カフェをやっているの。ちょっと身体が冷えちゃったから、あったかいものを飲もうと思うのだけど、急いでいるのでなければ、お嬢さんも一緒にどうかしら」

「急いでは、いないわ。行く当てもないもの」

「じゃあ、お話に付き合ってくださる？」

「けど、わたし、濡れちゃっているわ」

「それは大変。暖炉《だんろ》もあるから、服を乾かしていくといいわ」

「でも、わたし……」

断る理由を探しきれなくなって、少女がうつむく。

「さ、お手をどうぞ？」

長い逡巡《しゅんじゅん》の後、差し出した手にようやく少女の白くほっそりとした指が乗せられる。ピーコートに突っ込まれていた手は氷のように冷たかったが、ぎゅっと握るとかすかに温かさが伝わってくる。子供の手、だった。

「カフェ・アルトへようこそ、お嬢さん」

こうして、少女はカフェ・アルトの客人となった。

3

物珍しそうに、しかしそれを悟らせまいとゆっくり店内へ視線を走らせる少女の手を引いて、わたしはカフェ・アルトの中へと舞い戻る。少女にはスツールに腰掛けてもらい、暖炉の種火に焚き付けの木切れと香りのいいりんごの薪《まき》をくべる。少し迷って、コートを脱ぐのはもう少し温まってからに決める。

「髪、濡れちゃってるでしょう？　これを使うといいわ」

「ありがとう」

少女は差し出されたタオルを大人しく受け取ると、黙ったまま髪に当てて、水分を吸わせていく。背筋の真っ直ぐ伸びた座り姿といい、やはり生まれの良さを感じさせる。それだけに、こんな真夜中に一人で歩いていた理由が気になった。ブルームズベリーの治安は決して悪くないものの、それでも夜のロンドンは少女が一人歩きしていい場所ではない。

「コーヒーでいいかしら」

「……ええ、いいわ」

ケトルを火にかけて、手早くネルドリップの準備を済ませる。豆はカフェ・アルト特製ブレンド、手ずから焙煎した真っ黒なイタリアンローストを選択。ケトルの底から泡が立ち始めるのを待って、ミルクパンに注いだミルクを弱火にかける。ミルクを泡立てるためのフローサーもすぐ手に取れるところに置き、二人分の豆をフィルタに入れて綺麗に均《なら》せば、後は水が沸騰するのを待つだけ。

「ミルクと砂糖はどのくらい？」

わたしの問いかけに、少女は目線を上げると澄まして答える。

「貴方はいつもどうなさっているの？　わたしもそれを同じものをいただくわ」

その表情に、つい悪戯心が頭をもたげる。

「ブラックだけれど、苦いのは大丈夫？」

「……飲めるわ。大丈夫」

コーヒーでいいかと問うたときにもあった、一瞬の間。

「苦いのが好きな子供なんていない。もし子供がブラックを頼んだなら、それは大人っぽく見られたいか、でなければ舌が鈍《にぶ》いかだ」

少女には聞こえないよう、小さくつぶやく。これもまたお師匠さまの言葉だ。そしてお師匠さまはこうも付け加えた。そういう生意気な子には、思い切り濃くて苦いのを飲ませてやりなさい。いい経験だから、と。あの人は、最高にいい笑顔を浮かべて、そんなことを言う人だった。

「これ、りんごね。……いい匂い」

少女がぽつりとつぶやくのと時を同じくして、わたしの鼻にも薪の燃える甘く上品な香りが届く。チップにすれば燻製《くんせい》にも使えるりんごの薪は、記念日や祝い事など、特別なときしか焚《た》かないとっておきだ。

「分かるの？　なら、こういう匂いはどうかしら」

後ろの戸棚から、薄茶色のスティックが詰まった瓶を取り出して開く。

「これはシナモンね。お母さまがよくクッキーを作ってくれたわ」

「うん、大丈夫そうね。いいわ」

ちょうどお湯も沸いた。火を切って、ほどよく冷めるのを待ってからケトルとネルフィルターを手にして、蒸らしのお湯を注ぎ入れる。よくお湯を吸ってむくむくと膨らむ豆のアロマを楽しみ、頃合いを見計らって注ぎ入れたお湯で円を描くように崩していく。きめ細かな泡を大切に育てるように、細く滑らかに。抽出されたコーヒーは、予め温めてあったサーバーに少しずつ溜まっていく。

「すごく手際がいいのね。感心しちゃった」

「それはどうも、ありがとう」

サーバーから大きめのマグカップに七分目まで注いで、シナモンスティックを差してからカウンターに置く。

「さ、召し上がれ」

「いただくわ」

少女は冷たくなった指先を温めるように両手を添えると、よく吹き冷まして、どこか覚悟を決めたような顔つきでマグカップに口をつける。その様子を見届け、わたしも自分のカップに口をつける。シナモンの強い香りが鼻を突き抜け、目の覚めるような苦みが口中に広がる。

「少し苦かったかしら」

「いいえ。ちょうどいい、苦さよ」

明らかに強がりとわかる言葉を少女が口にする。

「それに……すごく、いい匂いだわ」

こちらは本心だろう。最古のスパイスとされるシナモンは、匂いがいいだけではなく、身体にもいい。

「全部は飲まないで待っててね？」

「え？」

可愛らしく首を傾げる少女には微笑みだけを返しておく。ミルクパンを火から下ろし、取っ手をつけたビーカーという風情のミルクフローサーへと移し替え、たっぷりの砂糖を溶かし入れて蓋をする。上部に付いたレバーを数十回動かしてやると、温めて泡立ちやすくなっていたミルクが最初に注ぎ入れた量の三倍にも膨れ上がる。

「貸してね？」

受け取ったマグカップは、ちょうど半分くらいまで減っていた。そこにフローサーの底に溜まったミルクを注ぎ入れる。自分のカップにも注ぎ、それから容器の中にたっぷりと残った泡をスプーンですくい、カップに浮かべる。

「……わあ」

ふわっふわのミルクに、少女が目を輝かせる。

その可愛らしさに、思わず口が緩んだ。

もう少し、サービスしたくなる。

引き出しから、取っ手の先に円盤状のものが付いた道具と、チョコレートパウダーを取り出す。型を抜いて目の細かい網を取り付けてある円盤を泡立ったミルクのすぐ上で支え、パウダーを振ってから指で軽く叩いてやる。円盤をそっとどければ、茶色のパウダーで描かれた『枝に留まる蝶』がその姿を現す。ミルクやピックで描くよりも素早くできるのが、特注したこの道具の強みだ。

「ちょうちょ……」

「そう」

「……かわいい」

かわいいのは、蝶を一心に見つめる彼女もだ。

「冷めないうちに、どうぞ」

カップの向きをくるりと変えて、少女の前に置く。カップにかからないよう髪を押さえ、食い入るように覗きこんでいる。そうして固まっていたのは数秒ほどだろうか。少女は名残を惜しむかのようにカップを両手で包み、そっと口をつけた。

「ん……」

甘いカフェオレを口に含み、ゆっくりと顔を上げて目を丸くする仕草は、自らの愛らしさをよく弁えているからこそ。わざとらしくても、それでもなお見る者に嬉しいと感じさせる。そんな表情だった。カップを半分ほど空けて、少女はほうっとため息をつく。頬にも赤みが差し、体温が戻ってきたことを感じさせた。

「そろそろ温まってきたかしら？　よかったらコートを預かるわ」

「ありがとう」

少女の脱いだピーコートを預かり、自分のコートと一緒にスタンドへかける。そんなわたしの動きを少女の視線が追いかけ、その視線はお客用のスタンドの隣にある『魔女の一休み』で留まった。

「それは……？」

「これ？　さあ、何なのかしらね？」

「………古い三角帽と、ほうきね」

これを見たものなら誰もがそう思うように、きっと彼女も魔女を連想したはず。しかし、それを素直に口にすることで子供っぽいと思われるのを嫌ったのか、それをあえて言わなかった心の内を想像すると、とても微笑ましい。

「このお店にはね、魔女がいるの」

「迷信かしら？　それとも冗談？」

「いいえ、ほんとよ」

「ここにいるのは、わたしと貴方だけでしょ？」

「魔女はね、三角帽とコートを脱ぐと見えなくなってしまうの」

わたしがそう言って視線を走らせると、少女もつられてそちらを見る。

外のみぞれは止んだのか、それとも雪になったのか。薪の燃える音だけが響く、心地よい沈黙がお店の中に満ちていた。そろそろ、頃合いだろう。

「ねえ、お嬢さん。貴方はどこからいらしたの？」

「………」

少女はきゅっと口を引き結んでうつむく。顔を上げて口を開いたのは、たっぷり十秒ほどもかけてからだった。

「イズリントンから。わたし、これからウェールズのおじさまのところへ行くの」

「真夜中のロンドン、とりわけ凍えるような雪の夜は、レディの独り歩きには向かないわ。大切なお友達を送り出すなんてもっての外ね」

「……そうね。けど大丈夫。盗まれて困るものなんて、持ってないから」

少女は肩をすくめる。口調はどこか投げやりで、強がりの滲むものだった。

「ええ、それなら強盗は怖くないでしょうね。けど、怖いのはそれだけかしら？」

「どういうこと？」

「例えば、そう。貴方のハートを射止めたくなる人がいるかも」

「貴方みたいに？」

「ええ。他にもいるわ」

「例えば？」

例えば、裕福そうな子供に目を付けた人さらい。あるいは着るものにも事欠く浮浪者。お金は持っていなくとも、彼女自身に価値を見出す輩《やから》はいくらでもいる。それに思い至らないのは幸福な育ちの証拠か、あるいは自らの価値を不当に低く見積もっているがゆえか。

いずれにしろ、そのようなものとは関わらないに越したことはない。

だからわたしは、思い浮かべたのとは別のものを口にする。

「そう、例えば……悪い魔女とか」

目配せして、玄関脇の『魔女の一休み』へと視線を向ける。しかし少女が再び振り向くことはなく、ただ黙って首を振るだけだった。返ってきたのは、強がりが滲みわずかに震える声音。

「魔女なんていないわ」

きっとこちらを睨む彼女に、わたしは笑って応える。

「いいえ、いるわ。このお店にひとり」

「貴方が魔女なの？」

「ええ、みんな『深煎りの魔女』とわたしを呼ぶわ」

それを聞いて、少女はくすりと笑う。

「貴方にぴったりの名前ね」

「そう？」

「ええ。だって、見ず知らずのわたしに、こんなにも深入りするのだもの」

「……そうかも知れないわね」

頭の回る子だ。言葉も、慎重に選んでいる。打ち解けたようでいて、実は彼女はまだ自分のことをほとんど話していない。他者との間に引かれた確かな一線。それはレディの嗜《たしな》みというより、小さく愛らしい彼女本人の資質なのだろう。簡単には立ち入らせてくれそうにない。わたしは小さくため息を吐く。

「コーヒーを淹れて、お話を聴くのがわたしの仕事。責任も持てやしないのに、過剰に踏みこむべきじゃない。分かってはいるのだけど、ね」

「……自分のしたことを、後悔してる？」

「いいえ」

小首を傾げる少女に、わたしは即答する。

「わたしはきっと、そうするしかなかった。たとえもう一度繰り返すことになったとしても、わたしはそうすると思う」

「……幸せだった？」

「ええ、もちろん」

「ねえ、魔女さん。貴方のお話を、聴かせてくれる？」

「長くなるわよ？」

「いいわ。おいしいコーヒーのお礼に、貴方のお話をわたしが聴くわ」

「そう、それなら――」

わたしは話す。

お師匠さまと過ごしたかけがえのない日々を。

心優しき配達少年と薄幸の少女の出会いとその顚末《てんまつ》を。

猫を追う刑事とその相棒が迎えた苦い結末を。

陽気な開拓者の愉快な自慢話を。

若き保険引受人の心安らぐひとときを。

秘密を抱えた衛兵と少女の恋物語を。

酔いどれた元炭鉱夫が語る古き良き時代を。

そして真夜中の少女との運命の出会いを。

＊

どれくらい話しただろうか。

うとうととして、かくんと舟を漕《こ》いだ少女の姿を見るともなく見ていて、ふと気付いたことがあった。それは、彼女と出会ったときからずっと感じていた、既視感にも似たものの正体。わたしは彼女を知っているという、確信にも似た感覚だった。彼女とは初対面なのにそんなことはあり得ないという理性が邪魔をして、その感覚を明確に言語化するのが遅れてしまった。

しかし、わたしは確かに彼女のことを知っている。

こうした確信だけが先に訪れ、理屈が後を追うことは珍しくない。そして、大抵の場合、確信には何らかの理由があり、検証することで正しかったと分かることが多い。

ただし、これはあくまでそういう傾向があるというだけのこと。

「……ああ、そういうこと？　けど、本当に？」

誰に聞かせるわけでもないつぶやき、自然に口元に浮かぶ笑み。眠気はすっかり飛んでしまい、遠くに見える光明が失われてしまわないか、足下にある頼りない道筋が崩れてしまわないかと、不安と期待が入り交じった感情に心臓が高鳴る。

おそらく、間違いない。自らの中にある理性の部分を納得させられるだけの理屈を形にできるころには、カップの底に残ったラテは冷め切ってしまっていた。薄く膜の張ったそれを飲み干して、カウンターに置く。高揚した気分がマホガニーの一枚板とぶつかり合い、かつんと硬質な音を立てる。

「……ごめんなさい。わたし、寝てしまっていたかしら」

物音にうっすらと目を開いた少女は、相変わらず眠そうに言う。

「構わないわ。お話もちょうど終わったところ」

「そう……」

疲れも溜まっていたのだろう。眠気に抗《あらが》えず、少女はカウンターに顔を伏せる。

「ねえ、アルマ」

わたしは少女に呼びかける。

「貴方、行くところがないならわたしのところへ来ない？」

「…………ん」

少女は楽な姿勢を探すように身悶《みもだ》えするだけだ。

わたしは彼女の頭を撫で、もう一度問いかける。

「ね？」

「…………うん」

おそらく、少女は聞こえてもいなければ、何を聞かれたのかも理解していない。それでも、彼女は答えた。魔女の問い、契約のための質問に。いまこのときから、彼女はわたしの弟子になった。わたしがそう決めた。そう、お師匠さまがわたしを弟子にしたときのように。

4

カウンターで寝息を立てる少女にタオルケットをかけて、遠い記憶の中のお師匠さまに思いを馳せる。出会い、別れ、それまでに過ごした時間、かけられた言葉の数々。そのどれもが忘れようもなく、涙が出るほどに懐かしい。その中でもとりわけ印象深い言葉を、わたしは小さく口にする。


夢がいつか冷めるように。

魔法はいつか解けるもの。


なるほど、わたしはいままでずっと、魔法にかけられていたらしい。そしていま、ようやく魔法が解けるときがきたらしい。なら、わたしのやるべきことはたった二つ。と言っても、普段と変わるところは何一つない。それどころか、片方はもうとっくに終わってしまっていた。

そう、わたしは、少女にコーヒーを淹れるためにここにいたのだ。

とても愉快だった。愉しくて快くて、自然と頬が緩んできてしまう。まったく、ここに辿り着くまでに、ずいぶん時間がかかってしまった。けれど、無駄な時間は一瞬たりとも存在しなかった。それは、きっとこれからもそうだろう。

そんなお師匠さまの気持ちを味わいながら、わたしはもう一つの仕事に取り掛かるべく棚から瓶を取り出す。じゃらりと音のするそれの中身は、焙煎《ばいせん》を済ませたコーヒー豆だ。煎り方によって薄い茶褐色から漆黒《しっこく》のような焦げ茶までのグラデーションがある豆の数々を、順番にカウンターに並べていく。

目的はコーヒーを淹れることではない。粗挽きのミルでがりがりと豆を砕いて、色の濃淡ごとに十分な量となるまで瓶に溜めていく。産地や製法、焙煎の度合いによって表情を変える濃密に豆の匂いが混じり合い、周囲を満たす。

ずっと、気になっていた。このカフェ・アルトのお店全体に漂う、お師匠さまの魔法の残り香《が》。残滓《ざんし》でありながら強く匂い、お店のどこにいても感じ取れるのにどこが発生源であるとも言えないその魔法の正体。それが、いまならわかる。

「さあ、深煎りの魔女のお出ましよ」

手順を頭の中で整理しながら、赤いコートと真っ黒な三角帽を身に着ける。軽く身体に馴染ませて、そのましゃがんで床を払う。出入り口付近の床は、この店を訪れた数多の人々を受け止めてなんともいえない風合いを醸《かも》し出していた。

「……あった」

お店の床に描かれた魔法陣、その始点。それさえ見つけてしまえば、全体像も頭の中に思い描ける。一世一代の大魔法を、お師匠さまがやったようにわたしもやるのだ。わたしなら、それができる。その確信を胸に、瓶からコーヒー豆を掴み出す。

「……ふふ」

コーヒー豆で魔法陣を描く魔女など、後にも先にもわたしくらいのものだろう。それを想うととても愉快で、それでいてとても私らしいように思えて、自然と笑顔になる。魔女の証たる三角帽がかかったコートスタンドの足下から始まり、テーブルの合間を抜け、キッチンを通って裏口へ。ラテアートを描くような心持ちで、自らの持てる技量の全てを尽くして魔法陣に装飾を施していく。

＊

一時間ほどもかけただろうか。魔法陣の始点であり終点でもあるウォールナット製のコートスタンドの下に、わたしは帰ってくる。床全体に所狭しと描かれた、コーヒー豆の濃淡による褐色の曼荼羅《まんだら》。その出来栄えに満足して、わたしはそっと目を閉じ、祈るように呪文を口にする。

「――――――」

そろそろと目蓋を上げる。お店の中は一見したところ何も変わっていない。だが、わたしは成功を微塵も疑っていなかった。それは約束されていたようなものだった。わたしがここに在ること、それ自体がお師匠さまの魔法の成功を物語っている。

描かれた魔法陣の模様を踏んで崩さないようにそろそろと歩き、すやすやと安らかな寝息を立て続けている少女を起こさないよう木製のシャッターを静かに開けて、ロンドンの街へと踏み出す。懐かしいガス灯の光に照らされる、白霧《はくむ》のヴェールを深く被ったロンドンがそこにあった。

「ん、うぅ……」

吹きこんだ風の冷たさに、抗議するようにもぞもぞと身体を動かす少女の気配を感じ、わたしは苦笑しながら扉を閉める。その小さな軋みに、しかし少女は覚醒してしまったらしい。それは、彼女が他人に眠りを妨げられるような育ちをしてこなかったことを意味するのだと、わたしは知っている。

「お目覚めかしら、お嬢さん？」

後ろから声をかけると、ぼうっとした顔つきで少女が振り向く。その表情は、わずかな驚きを示すものへと変化する。

「貴方は……誰？」

「わたしはこの『カフェ・アルト』のマスターよ、可愛らしいお嬢さん」

少女が疑うような視線でじっとこちらを見つめる。わたしは微笑みを形作り、その視線を受け止める。彼女の考えていることが、わたしには手に取るように分かる。それは『雰囲気はよく似ている』そして『あの人はどこへ？』だ。

「ひとつ、聞いていいかしら」

「ええ、どうぞ」

明晰《めいせき》な少女は、正しい問いを口にする。

人が真実で答えるとは限らないと知るのに、彼女にはまだ経験が足りない。

「……わたし、とても素敵なおばあさまに出会って、それからコーヒーを淹れていただいたの。貴方、その方のことを知らない？」

わたしは、不思議そうに見えるよう、表情を作って答える。

「ここはわたしのお店よ？　それより貴方、鍵がかかっていたはずなのにどうやって中に入ったの？　わたしにはその方が不思議なのだけれど」

「わたしは、あの人に……」

そこで少女ははたと気付く。自分が名乗りもしなかったこと、相手の名前を聞きもしなかったこと。そして、一度別れた誰かと再び会えるかどうかは、誰にも分からないこと。唇を噛んでうつむく少女は、きっと共に時間を過ごす誰かの名前を大切にする女性に成長するだろう。

「そうね、ひょっとしたら、貴方は魔女に会ったのかしらね」

つぶやくようなわたしの言葉に、少女が顔を上げる。

「魔女？　あの人が……？」

彼女はコートスタンドにかかった三角帽と帽子を見つめ、信じられないといった面持ちでつぶやく。

「それはともかく、これを着けなさいな」

わたしの投げたそれを少女は目を白黒させながら受け取って、目の前で広げる。彼女にはまだ少し大きい、新調したての朱染めのエプロンだ。状況が掴めずにいる少女を横目に、わたしはスタンドに立てかけられたほうきを手に取って床に散らばったコーヒー豆を掃《は》きよせていく。

「ああもう、もったいないったら……」

少女は、まだこのときは床に描かれた魔法陣に気付かない。だから、これでいい。彼女は目を瞬《しばたた》かせ、エプロンを手にしたまま立ち尽くしている。

「……エプロン？」

「エプロン以外の何に見えるかしら？　さ、このばら撒《ま》かれた豆と、そこのコーヒーと、店の屋根の下で一夜を過ごした代金くらいはいただかないとね」

「……ごめんなさい。わたし、お金を持ってないの」

「ええ、そうでしょうとも。だから、エプロンを着けなさいな」

「わたしを雇ってくれるの？」

「ええ、そうよ」

「……はい、分かりました。よろしくお願いします」

「わたしのことはお師匠さまと呼びなさい」

「はい、お師匠さま」

「それで？」

「え？」

「貴方の名前よ。名無しや記憶喪失ってわけではないんでしょう？」

「……アルマ、です」

彼女は自らの意思で家名を名乗らなかった。

わたしはそれを尊重しようと思う。

「アルマ。貴方、コーヒーの一杯くらいは淹れられるでしょう？　トーストと目玉焼きはわたしが作るから、早くしなさいな。朝は忙しいんだから。それとも、コーヒーの一杯も淹れられないほど世間知らずのお嬢さんなのかしら？」

そんなわたしの言葉に、少女の目が反発心の火を灯《とも》す。とても、可愛らしい。

「……わたしにもできるわ。あの人が淹れるのを見ていたもの」

こうして、わたしと彼女はとてもとても苦い朝のコーヒーをいただくことになる。彼女がまともなコーヒーを淹れられるようになるまで一か月、お客に出せるまで上達するのは三か月の月日を要することになる。

カフェ・アルトへようこそ

Epilogue

1

刻一刻と近づくそのときに、わたしは焦りを覚えていたのだろう。

「もうちょっと、しゃきっとしなさいな」

「……はーい」

まだ眠たげな薄目で開店準備を進めるアルマ――わたし自身である彼女――はもう十六歳になる。彼女くらいの年頃だと、どれだけ寝ても眠いものだ。自らの経験からそう分かってはいても、ついつい小言が口をついて出てしまう。

彼女は、師匠であるわたしとの日々がこれからも続くと信じて疑いもしない。しかし、記憶の中のお師匠さまが姿を消したその日は、確実に迫っていた。その日が来れば、彼女は嫌でも独り立ちせざるを得ない。師匠としては、ひとつでも多くのことを教え、残してやりたい。お師匠さまも、きっと同じ気持ちだったのだろう。

アルマと師弟関係を結んで、六年が経とうとしている。彼女はわたしが姿を消した後、たった一人でカフェ・アルトを維持していくことを決意する。そのことをわたしはすでに知っている。だから、必要な技術と知識は一通り叩きこんだつもりだった。

「お師さまは、何でもかんでもわたしにやらせるんだから」

「貴方もいつかお店を持つんだから、知っておくに越したことはないでしょう？」

「そんなこと言って、わたしが独り立ちしたら困っても知らないんですからね」

冗談混じりの軽口は、甘えと信頼の証でもある。厳しさの中にも時折優しさを覗かせるかつてのお師匠さまを手本として、わたしはアルマに向き合ってきた。

実際、よくお店を潰さずにいられたものだと我ながら感心する。初めは、いつか帰ってくるお師匠さまに一人でも立派にやれているところを見せたくて、あるいはお師匠さまのものであるカフェ・アルトのカウンターの内側に他人を立たせたくなくて、人を雇わなかったのだということを思い出す。

駆け出しのころこそ苦しくても、慣れてしまえば一人というのは気楽なものだ。そんな身軽さに甘えて、アルマと出会うまでは弟子も取らずにやってきたわたしは、師匠として未熟だったと言わざるを得ない。最初から別れが運命づけられていたこともあり、必要以上に厳しくしてしまった自覚もないではなかった。

「というか、お師さまものんびりコーヒー飲んでないで、手伝ってくださいよ」

「今日は具合が悪いの。たまにはゆっくりさせなさいな」

わたしの言葉を受けて、アルマが掃除の手を止める。

「……大丈夫ですか？　最近ちょっと多いような」

「人を年寄り扱いするんじゃないの。季節の変わり目で体調を崩しただけよ」

「それなら、いいんですけど」

「だから、今日は貴方に任せるわ。できるでしょう?」

彼女は黙ってうなずくと、準備を再開した。体調不良は半ば口実で、本当の目的は自分がいる内に彼女に経験を積ませることだ。幾度か繰り返す内に彼女も慣れてきて、手際は悪いながらも仕込みや仕入れを任せられるようになりつつあった。

＊

「お疲れさま。そろそろ閉めましょう」

後ろから声をかけると、彼女は緊張が解けてほっとしたような表情を見せる。

「お師さま……もうお身体は?」

「よくなったわ。お店の方は大丈夫だった?」

「はい。そろそろ在庫が少なくなってた豆は頼んでおきました」

うなずいて了承を示し、店内に視線を走らせる。そこに客がいたことを示すように引かれたままの椅子、片付けの手が回らずに出しっぱなしになっているカップと食器。細かいことを言えばキリがないし、突発的なアクシデントへの対応にはまだまだ不安も残るが、ほぼ一人でお店を回しきれるだけの実力はついたと見ていいだろう。

「アルマ」

「はい、何ですか？　あ、これ適当に作ったんですけど」

遅い夕食はミートソースのパスタだ。

「いただくわ。それから、これを貴方に」

猫のモチーフをあしらった真新しい鍵を、彼女の手のひらに落とす。

「これ、お店の鍵ですか？」

「ずいぶん傷《いた》んでいたから、新調したの。貴方に預けるわ。それから、次の定休日に看板もかけかえてもらう手はずになってるから、対応お願いね」

「はーい。あ、食べ終わったらコーヒー淹れますね」

先に食べ終わってコーヒーを淹れる準備に取りかかっていた彼女の皿も洗い終わると、ちょうど二杯分ができあがっていた。見るからに濃厚な焦げ茶の液体に、たっぷりの砂糖を溶かし入れて口に含む。コクと香りがよく引き出されていて、どこのカフェに出しても引けを取らないだろう。

ふと、アルマの視線を感じる。彼女はわたしの口元をじっと見つめていた。夕食後の一杯は、いつからかコーヒーを淹れる腕前を試す場になっていた。

「上達したわね」

「次こそ、おいしいって言わせますからね」

わたしの言葉に、彼女は会心の笑みを浮かべる。

それが、わたしと交わす最期の言葉になるとも知らずに。

＊

その夜、自室に戻ったわたしは最後の身辺整理を済ませる。彼女が自分で部屋を借りてここを出て行ってから一年、少しずつ進めていたのだ。

アルマと出会い、この時代に来て六年。病弱な箱入り娘として田舎で育ち、事故で両親を失い、悪辣な親族に屋敷と遺産の全てを奪い取られ、真冬のロンドンで一人さまよい歩いていた世間知らずの彼女は、実のところわたしと一緒に数十年もの時代を遡ったことに気付いていない。

天涯孤独の身としてカフェ・アルトで慣れない仕事を始めた彼女に、そうした荒唐《こうとう》無稽《むけい》な考えに思いを巡らせる余裕はなかったとも言えるし、そのようにわたしが仕向けたとも言える。日々を過ごす中で小さな違和感を抱いたとしても、勘違い、あるいはそういうものだと納得するしかなかったのだ。

彼女はかつてのわたしと同じ時を過ごし、やがて気付くことだろう。それは彼女の物語であり、師であるわたしが干渉すべきものではない。

別れの寂しさ、後ろ髪を引かれる思いはもちろんある。お師匠さまが失踪したと知ったときの悲しみを思い出すと、彼女を同じ気持ちにさせることへの申し訳なさに胸が痛んだ。しかし、人はいつか別れる運命にある。それが早いか遅いかの違いがあるだけだ。そんな風に割り切れるようになるのはまだ先のことだけれど、彼女はきっと別れを乗り越えていくことだろう。

「さて、ここから先はわたしも知らない」

お師匠さまが何を考え、どこへ姿を消したのか。わたしはその答えを知らない。ただ、この六年間、彼女と同じ時を歩む中でひとつの疑問を抱いていた。

「なぜカフェ・アルトがここにあるのか。その答えを探さなければならない」

老ディグを例に取るまでもなく、わたしとアルマがこの時代を訪れる以前からカフェ・アルトは存在していて、多くの常連客を抱えている。そして彼らは、わたしたちを『マスターと新しい弟子』と認識して、そのように対応した。

つまり、カフェ・アルトはわたしたちが訪れる以前よりそこに建っていて、そこにはわたしがマスターとして存在しなければおかしい。

お師匠さまは、ただ失踪《しっそう》したのではなかった。

わたしが、カフェ・アルトを始めるのだ。

2

特に何が起きるでもない、普段通りの一日だった。

ただ、明日になればこの店の新しいマスターとその弟子が現れるだけのこと。

三十年前のあの日、わたしは再び時を遡った。それから買い取った空き家を改装してカフェ・アルトを開き、お店を経営するかたわらで魔法理論の構築に励んだ。時を戻す魔法の力で二十歳に戻っての日々はそれなりに充実していたものの、矛盾なく過去の自分へ繋げるためには細心の注意を払わねばならなかった。

このカフェ・アルトで過ごした時間だけを数えても、すでに百年は下らない。時間を自由に操れるようになり、老いからも解放されたわたしを襲ったのは、どうしようもない退屈だった。訪れる客は年齢を重ね、次第に入れ代わっていく。にもかかわらず代わり映えのしない会話。およそ全てが予想の範囲内で、驚きも喜びもない。

それも今日で終わりだ。深煎りの魔女の物語は、これで綺麗に輪を閉じる。

少し早めに閉店して、コーヒーを淹れる。自分のためだけに淹れるコーヒーというのは味気ないものだ。流通の問題で、手に入るコーヒー豆の品質がよくないせいもあるだろうか。立ち昇る湯気を見つめる内に、ついうとうとしてしまう。

目蓋を開けると、そこに若き魔女がいた。

「ごきげんよう」

「……どなたかしら」

知っているでしょう、と言わんばかりに笑みを深める魔女。見慣れないが洗練された印象を残す服装は、彼女がどこから訪れたのかを雄弁に物語っていた。

「コーヒーでもいかが、未来の魔女さん？」

「いただくわ」

しばしの間、火にかけられたケトルが蓋を揺らし、豆が挽かれる音だけが響く。

「わたしに尋ねたいことがあるんじゃないかしら」

口火を切ったのは若き魔女だった。わたしはため息をついて答える。

「なくもないけれど、答えを聞いてしまったら、失望してしまいそうだから」

「そうかしら。なぜそう思うの？」

「きっと、未来でもわたしは退屈しているのでしょう？　貴方がこうして過去の自分の前に姿を現したのがその証拠。薄々気付いてはいたけれど、わたしの魔法はわたし一人だけのものなのね。他の誰かが持って生まれるものでもなければ、技術として誰かに伝えることもできない。皮肉なものよね。時間を自由に操れるのに、普通の人が当たり前のように過ごす時間に、わたしだけが歩みを合わせられないなんて」

「それは半分正解で、半分外れ」

「どういうことかしら」

「貴方の推察通り、わたしの魔法は誰とも共有できない。おそらく、この先も」

「やっぱり、ね。聞かなければよかったわ」

「けど、わたしは決して退屈していない。いいえ、むしろ毎日が楽しくて仕方がない。こうして過ごす時間の全てが愛おしいわ」

「強がりはなんとでも言えるでしょうね」

若き魔女はわたしの言葉に答えず、ただ笑みを浮かべてカップとソーサーを受け取った。静穏な店内に、それらが触れ合うわずかな音だけが響く。

「いまの貴方みたいに退屈な味ね。惰性《だせい》の一杯と言ってもいいわ」

挑発するような彼女の発言に、わたしも冷笑で応じる。

「この時代に手に入る豆と道具では、それが精一杯よ」

「本当に？　試してみましょうか？」

「どうぞ、ご自由に」

勝手知ったる、という雰囲気でカウンターの内側に魔女が立つ。

彼女はスプーンに角砂糖とオレンジピールを載せると、ブランデーを垂らして火をつける。青白い火を立ち昇らせるそれを温めたカップに落とすと、とろりとしたカラメル状になるのを待って深煎りのコーヒーを注いだ。

「さ、どうぞ」

勧められるままに口にしたそれは、さっきまで飲んでいたコーヒーとは別物だった。爽やかな柑橘類と芳醇なブランデーの匂いが鼻腔をくすぐり、コーヒーの苦みやコクと絡み合う。素材が互いを引き立て合う、見た目にも華やかなカクテルだった。

「コーヒーのことなら、全て知った気にでもなっていた？」

悪戯っぽく笑う彼女に、言い返す言葉もなかった。素材そのものはありふれていても、組み合わせる発想がなければカクテルは生まれない。この時代、このお店にある材料で新たな味を生み出した彼女に、創意工夫の足りなさを指摘された気分だった。

胸の内に湧き上がったそれは、懐かしさすら覚える、悔しいという感情だった。

「悔しい。言い返してやりたい。そう思っているのでしょう？」

見透かしたような言葉。まるで子供を諭《さと》すように、彼女は続ける。

「もう気付いていると思うけれど。貴方は退屈しているのではないわ。やるべきことを終え、自由の身になることが怖くて、目をそらしているだけ」

「……ええ、きっとそうなのでしょうね」

過去のわたしは、いまのわたしを目にしていない。つまり、明日を待たずしてわたしはここを去らなければならない。にもかかわらず、この先どうするかは決めていなかった。どうすればいいのか、分からなかったからだ。

「けど、それは大きな間違い。貴方は終着点に辿《たど》り着いたのではない。時を巻き戻す深煎りの魔女としての旅を終えた貴方には、理解できるはず。時を渡る魔女としての貴方は、ようやく出発点に立ったに過ぎないのよ」

今の自分なら、過去だけではなく未来にも行ける。以前から気付いてはいたが、今まではそれに意味を見出せなかった。魔法が使える以外はカフェのマスターとしての生き方しか知らないわたしには、時代などいつであっても違いはないと。

思考に沈むわたしに、若き魔女が声をかける。

「わたしはもう行くわ。また、どこかで」

「……そうね。またいつか、どこかで会いましょう」

瞬きひとつの間に、若き魔女は姿を消していた。あれだけ言いたい放題言っておきながら、あっさりしたものだった。幻でも見ていたのではないかと疑いたくなるも、目の前に置かれたカクテルがその存在を裏付ける。

「わたしらしい、と言えばそうなのかしらね」

思えば、新しい豆や道具を試したり、新たなメニューを開発することを久しくしていなかった。使い慣れた豆や道具、定番のメニュー。それでも組み合わせは無数にあるから、それに初めて触れたお客さんは満足する。それでいいと考えていた。

しかし、わたしにとっては違う。代わり映えのない、既知の選択肢の中から適切なものを選び取ることの繰り返し。それで退屈しない方がどうかしている。そのような生き方はわたしらしくもない。なぜいままで気付かなかったのか不思議なくらいだ。

「未来の魔女さんに、とっておきの一杯もご馳走してあげなきゃいけないし、ね」

それはとても困難で、やりがいのある、素敵な目標だった。新しい豆や道具の探求、素材の組み合わせの試行。やるべきこと、やりたいことは山積みだった。


「夢がいつか冷めるように、魔法はいつか解けるもの――」

儚《はかな》く切ない諦観《ていかん》をこめて口にしてきた言葉の、その先を続ける。

「――いつか魔法が解けるまでは、夢は決して冷めたりしない」


迷妄《めいもう》を晴らされたような、すがすがしい気分だった。

深煎りの魔女という在《あ》りように拘束《こうそく》されることのない、本当の意味での自由をわたしは手に入れていた。そして自由を得たわたしが本当にやりたいことを考えたとき、やはりその答えはひとつだと思うのだ。

あるいは貴方の生きる時代、貴方のいる場所に。

3

カフェの扉を開けば、控えめで澄んだ音色のベルが鳴り響き、磨き抜かれたカウンターとテーブルが客人を出迎える。お気に入りのカップと食器、厳選された道具とコーヒー豆。全てがあるべき位置に収められて出番を待ち構えるカウンターの内側で、わたしはこう口にするのだ。

「カフェ・アルトへようこそ。とってもおいしいコーヒーはいかがかしら？」

※本書は「小説家になろう」(http://syosetu.com/)に掲載されていたものを、改題・改稿のうえ書籍化したものです。
この物語はフィクションです。作中に同一の名称があった場合でも、実在する人物、地名、団体等とは一切関係ありません。

宝島社
文庫

深煎りの魔女とカフェ・アルトの客人たち
ロンドンに薫る珈琲の秘密
(ふかいりのまじょとかふぇ・あるとのきゃくじんたち　ろんどんにかおるこーひーのひみつ)

2017年10月19日　第1刷発行

著　者　天見ひつじ
発行人　蓮見清一
発行所　株式会社 宝島社
〒102-8388　東京都千代田区一番町25番地
電話：営業 03(3234)4621／編集 03(3239)0599
http://tkj.jp
印刷・製本　株式会社廣済堂

ISBN 978-4-8002-7756-5